JN189704

Sherlock Holmes

The Sign of the Four

快 読

ホームズの『四つの署名』

小野俊太郎

Shuntaro Ono

小鳥遊書房

「人形と人形作者とは決して同一ではない」

アーサー・コナン・ドイル

◉目次

はじめに　『四つの署名』は魅力の宝庫

一八八七年に出た『緋色の研究』により、アーサー・コナン・ドイルがシャーロック・ホームズを生み出してから、百三十年以上が経過した。最後の作品となったのは、一九二七年の「ショスコム・オールド・プレイス（ショスコム荘）」だった。ドイルは三〇年に七十一歳で亡くなったが、最晩年までホームズ物語は書き続けられた。

作品の魅力は尽きることがなく、今でも映画やドラマやアニメとなり、さらにはマンガや小説など数多く翻案されている。贋作やパロディも数多く作られ、ホームズを実在の人物とみなし、架空の伝記を書き、未知の資料を発掘するシャーロキアン（またはホームジアン）と呼ばれる人たちは世界中にいる。こうした魅力はいったいどこから来るのか。それ自体がひとつの「謎」である。この謎を解く手がかりは、やはりドイルの小説そのものにあるはずだ。

ドイルが書いたホームズ物語の正典とされる合計六十の短編と長編のなかで、有名なのは「まだらの紐」や「赤毛組合」や「踊る人形」などの短編である。犯人のトリックと、それを鮮やかに読み解くホームズの推理は、読者に強い印象を残す。そして長編第一作の『緋色の研究』は、ホームズがワトスンと出会う作品であり、そこから話を始めるのが順当に思えるかもしれない。

しかしながら、この本では、二作目となる『四つの署名』に深く分け入ることで、シャーロック・

ホームズ物語を読むヒントを探していきたい。ただその前に、どうして数ある正典のなかで、『四つの署名』を選んだのかについては、説明が少し必要となるだろう。

［註記］ホームズ物語の第二作のタイトルの邦訳には、『四つの署名』、『四人の署名』、『四つのサイン』がある。原題をどのように解釈するのかで翻訳は分かれるが、本文では、「四人の所有をしめす記号」が何度も登場するだけだった。だから「四人のものであることをしめす印」が正しいのだし、署名やサインが四つずつ出てくるわけではない。しかも英語で「四人の印」と書いただけでも、一種の警告として代用できてしまう。本書では、作品全体を示すときは延原謙訳以来の慣用に従って『四つの署名』、それ以外は「四人の印」としておく。

【ホームズ物語の方向を決めた第二作】

『四つの署名』は、一八九〇年に『リピンコッツ・マンスリー・マガジン』の二月号に掲載された。この雑誌はアメリカのフィラデルフィアで編集発行されていた。イギリスやフランスでの同時販売を視野に入れた特別編集版を作るために、アメリカからやって来た編集者ジョゼフ・スタッダートが新しい執筆者を探していた。

そこで、一八八九年八月三〇日に、ランガムホテルでパーティが開かれ、招待されたコナン・ドイルに執筆の話が持ちかけられ、そこで出版契約書がすぐに作られた（以下オックスフォード版解説による）。ミステリー小説がブームになりかけていたので、『緋色の研究』を書いたドイルにスタッダートは狙いをつけていたのだ。

同じくオスカー・ワイルドも招かれていた。パーティが苦手なドイルだったが、「唯美主義者のチャンピオン」であるワイルドに、『マイカ・クラーク』を読んだと言われて喜んだ、と自伝の『思い出と冒険』（一九二四）にある。十七世紀を舞台にした歴史小説で、ドイルの自信作だった。それを褒められたので有頂天になったのである。そして、ワイルドの代表作となる『ドリアン・グレイの肖像』が、やはり同じ『リピンコッツ』誌の七月号に掲載された。イギリス文学史上で重要な作品が二つもこのパーティから生まれたのだ。

ドイルは依頼を受けてから、わずか一ヵ月後の九月三〇日には『四つの署名』を仕上げて、出版代理人の許に原稿を送っている。その後加筆訂正をしたのであるが、それにしても驚くべき速さである。ドイルはすでに長編を何本も書いていて、初心者ではなく、腕も上達していた。ホームズとワトスンのコンビを再登場させたことで、ゼロからキャラクターを創造しなくて済んだので、手探り状態ではなかった。ミステリー小説も二作目となるので、全編にわたって仕掛けを張りめぐらせる工夫もできた。この第二作によって、じつはホームズ物語の方向が決まったのである。

これだけ重要な作品であるにもかかわらずホームズファンにも『四つの署名』の印象はどこか薄いかもしれない。そうなった理由は、『リピンコッツ』誌に掲載されたときに、挿絵が冒頭の一枚しかなく、本文も文字だけだったせいである。『緋色の研究』でさえ、本文中に四枚入っていた。単行本になったときには、ドイルへの印税なしという契約の交換条件に、ドイルの父親による挿絵が採用されていた。『四つの署名』も他の媒体での掲載や単行本化の際に挿絵が加えられたが、読者の印象に残るような決定的なものがないので、魅力を感じにくいのである。

ドイルのホームズ物語が大きく開花したのは、やはり一八九一年に『ストランド・マガジン』で連載を始めた短編シリーズからだった。シドニー・パジェットの挿絵がドイルの文章を飾ったことで、挿絵とホームズ物語とは深く結びついてしまった。連載の一作目の「ボヘミアの醜聞」は十五ページに挿絵が十枚あった。長編二作の合計で五枚だったことを考えると、圧倒的な増量であるし、ページあたりの密度がまるで違う。今やトレードマークとなったホームズの鹿撃ち帽も「ボスコム谷の謎」を掲載したときに、ドイルの文章にはなかったのをパジェットが付け加えたものである。

創刊されたばかりの『ストランド』誌は、新しい読者を獲得するために、精密に印刷された図や挿絵を使って、さまざまな物事を紹介していた。たとえば「動物病院にて」というルポルタージュ記事には、治療中の馬や犬とか病院内の光景の挿絵を入れていた。また、カトリックの「マニング枢機卿の説教のメモ」では、一八八九年の港湾労働者のストライキ調停に功労のあったマニング枢機卿の手書きのミミズの這ったような筆記体の文字を複製してそのまま載せていた。しかも、「ボヘミアの醜聞」の前には、マニング枢機卿への「図解付インタビュー」が載っていた。元カトリックのドイルがどんな気持ちで読んだのかをちょっと考えたくなる掲載の順番である。

ビジュアル重視の雑誌であり、読者も物語の図解を求めていたのだ。そして、一八九二年には、パジェットの挿絵を百四枚も挿入して『シャーロック・ホームズの冒険』として単行本になって爆発的な人気を得た。そのため、どうしても『冒険』からホームズ物語が始まったと錯覚しがちである。それに対して、同じ月刊誌でも『リピンコッツ』誌は、挿絵を申し訳程度に一枚つけてはいたが、あくまでも文章を中心とした昔ながらの路線を守る雑誌だった。その差は歴然としている。

ところが、『四つの署名』の作品そのものには、身寄りのない金髪のヒロイン、月光に照らされたロンドン郊外の怪しい館、毒殺されて硬直した死体、テムズ川での二隻の船による追跡劇、インドの五十万ポンドの財宝が入った鉄箱など、挿絵にふさわしい素材が転がっている。挿絵画家の絵心をくすぐる要素を雑誌側が活用できなかったにすぎない。文章中に視覚的な要素がある、というドイルの魅力は『四つの署名』でかなり明確になった。その意味でも、長編のホームズから短編のホームズへと転換する大切な役割をはたした作品でもあるのだ。

決定的な挿絵が欠けているおかげというか、『四つの署名』をどう読むのかは、今でも作品の本文そのものに頼るしかない。そのせいなのか、二〇一五年に『四つの署名』は、イギリスの大学受験統一試験（GCSE）の課題図書に選ばれている。事前に読んでおいて、試験では抜粋された文章や作品全体に関する記述式問題を解くのである。イギリスでは、『四つの署名』は個人で楽しむ以外に、高校までに授業で読んで試験対策をすべき作品とみなされているのだ。

【日本との関係】

『四つの署名』には、ドイルが執筆した当時の大英帝国の植民地であったインドとの関連を濃密に描かれている。物語の背景となったのが、一八五七年から二年間続いたインド大反乱（通称セポイの乱）だった。いわゆる流刑植民地となっているアンダマン諸島のブレア島に実在した囚人刑務所が出てくるし、そこの先住民が重要人物として姿を見せる。

このアンダマン・ニコバル諸島は、一九四二年三月に日本軍によって占領され、チャンドラ・ボースを首班とする自由インド仮政府がおかれた。チャンドラ・ボース以前に日本でインドの独立を模索していたラース・ビハーリー・ボースが伝えたのが、新宿中村屋の「恋と革命」のカレーとなったのは有名である。もうひとりの独立運動の闘士だったA・M・ナイルも第二次世界大戦後に自分の名前を冠したインド料理のレストランを開いた。こうして本場のインドのカレー料理は、独立運動を契機に日本に伝わったのである。

ホームズ物語でも、『シャーロック・ホームズの回想』の「海軍条約」でハドスン夫人が、カレーの味つけをしたチキンを朝食にだしていた。どうやらホームズもカレー味になじんでいたようだ。海軍の話でカレーが出てくるのは、日本の「海軍カレー」が脚気対策にイギリス海軍のレシピをお手本にしたことを踏まえると、日本の読者にはどこか意味深に思えてくる。料理用にブレンドされたカレー粉が、十九世紀には数多く市販されていて、ハドスン夫人もそれを使ったはずである。しかも、カレー粉が重要な役割をはたす話が、同じ短編集に含まれていた。このようにインド、イギリス、日本はカレー料理によっても結ばれる。

一九三〇年にドイルは没しているので、アンダマン・ニコバル諸島で、イギリス軍と日本軍が戦った未来を知るはずもない。だが、ドイルの作品そのものは翻訳や翻案を通じて、すでに明治から日本に入ってきていた。『四つの署名』も、一九二六（大正十五）年には、『サイン オブ フヲア』のタイトルで紅玉堂英文全訳叢書として翻訳された。そしてドイルが没する前年の一九二九（昭和四）年に、雑誌『新青年』を出していた博文館から、世界探偵小説全集の第七巻ドイル編に『バスカーヴィルの犬』といっしょに延原謙訳で『四つの署名』が出版されていた。ひょっとして、アンダマン諸島へと侵攻した旧日本軍兵士のなかに、こうした翻訳で『四つの署名』を読んだ者がいたとすれば、どんな感慨をもったのかを想像したくなる。

しかも、ドイルは日本と全く無縁というわけではない。ホームズ物語で知られているのは、ホームズが「バリツ」という日本の武術を身につけていて（「空き家の冒険」）、ワトスンが聖武天皇と正倉院の関係について悪人から質問される（「有名な依頼人」）ことだろう。とりわけ「バリツ」はどこから来たのかに関しては議論があり、「柔術」や「武術」の勘違い説から、実在した武術である「バーディット」に由来する説まで色々と唱えられてきた。

ドイルは一八九二年には、「ジェランドの航海」という日系イギリス人（アングロ・ジャップ）を語り手とした短編を発表した。幕末の横浜が舞台となっているが、事実関係や描写がさほど不自然ではない。ドイルの幼なじみのウィリアム・K・バートン（バルトン）が、お雇い外国人として八七年に来日していて、連絡をとりあっていた。しかもドイルは九二年刊行の長編『ガードルストーン商会』をバートンに捧げているほどである。来日したバートンは写真術を広め、上下水道の計画をたて、浅草の凌雲閣（いわゆる十二階）の基本設計をするなどの功績を残している。日本に関する情報をバートンから入手していた、とみなすのがいちばん妥当のようである（稲場紀久雄『バルトン先生、明治の日本を駆ける！』）。

また『ストランド』誌に長期連載した第一次世界大戦の詳細な戦記である『フランスとフランドルにおけるイギリス軍の軍事行動』（一九一六―二〇）には「仏教徒国の日本」という表現も出てくる。『四つの署名』でも、財宝の入っている鉄箱はインドのベナレスの金属加工がなされたブッダの座った姿をかたどった鍵がついていた。ホームズが行方をくらましていた「大空白時代」には、チベットに二年間滞在し、チベット仏教ゲルク派の指導者ダライ・ラマと数日過ごしたほどである（「空き家の冒険」）。

もしもドイルが、イギリス領のアンダマン諸島を「仏教徒国の日本」が占領し、『四つの署名』の背景となったインドの大反乱ともつながるチャンドラ・ボースによるインド独立運動とからんだ日本の動きを知ったならば、どのように戦争の意味を考えたのかは、思考実験としてもおもしろい。もちろんドイルは愛国主義者なので、イギリスの敵である日本を批難する激しい言葉を吐いたと思うが。

【国際情勢とロンドン】

ドイルやその読者が関心をもつからこそ、国際情勢が否応なしにホームズ物語と関係してくる。シリーズとして第三作にあたる最初の短編が、「ボヘミアの醜聞」というヨーロッパ大陸のボヘミア王の恋愛スキャンダルの話になったのも不思議ではない。ワトスンの知り合いが、イタリアとイギリスの間で結ばれた条約文をめぐる騒動に巻きこまれた話（「海軍条約」）もある。ホームズの兄のマイクロフトが女王陛下の顧問をつとめていて、外交ルート上の難題を弟のシャーロックに持ちこんできた（「ブルース・パーティントン型設計図」）。そこでは、スキャンダルなどではなくて、潜水艦開発競争をするドイツとの軍事的な緊張関係が扱われていた。

今回の『四つの署名』の物語の舞台となるのは、あくまでもロンドンとインドのアグラやアンダマン諸島で、アメリカは出てこない。ところが、長編第一作の『緋色の研究』で、アメリカの西部やモルモン教との関連が描かれていたように、ホームズ物にはアメリカの要素が多い。長編第四作の『恐怖の谷』（一九一四―五）も、ペンシルヴァニア州の炭坑での出来事が背景にあり、その意味でアメリカの読者をも満足させる作品となっている。ロンドンやその近郊といった国内を主な舞台にしながらも、ホームズが国際的な活躍をする名探偵という印象を読者が抱くのは、とりわけ長編小説では、物語の背景が海外へと大きく広がったせいである。『四つの署名』に限らず、ホームズ物語の四つの長編作品は、イギリスと海外、あるいはロンドンと地方とを結んでいた。

国際情勢を扱った作品と『四つの署名』を考えることができる。中世の騎士はもちろん、ナポレオン戦争や十八世紀の遠い出来事を舞台にした歴史小説よりも、三十年前で記憶にもまだ新しいインドの大反乱のような出来事を扱うホームズ物語のほうが、ドイルの資質にふさわしいのだ。ドイルはボーア戦争や現実の裁判に関与するのを好んだし、それは時事的な出来事を好む読者の興味や関心にもかなっていた。

しかも『四つの署名』は、ロンドンの街のようすが浮かび上がるように描かれている。ランガムホテルやライシアム劇場などといった現在でも有名なランドマークも出てくるし、犯人の行方を探して、ホームレスの子どもたちが歩きまわり、テムズ川での船を使った追跡劇もあり、読んでいくうちに、人間関係を含めて、ロンドンが立体的に浮かび上がってくるのである。

【『四つの署名』の重要性】

『四つの署名』の重要性は四つあげられる。一つ目は、ホームズ物語がシリーズ化する転機となり、短編の連作へと向かうためのキャラクターの役割や人間関係が明確になったこと。二つ目は、植民地であるインドとの関係のような国際情勢を描いていること。三つ目は、ロンドンの都市の様子が、インド帰りの成金からホームレスの子どもたちまで登場させて、重層的に描かれていることである。

それから四つ目として、推理一辺倒ではなくて、語り手であるワトスンの恋愛から結婚への流れが描かれているのも大きな特徴だろう。ワトスンとホームズのルームシェアは『四つの署名』で一度は解消されてしまう。コンビが再結成された後の二人の行動からは、ロマンスの追求という要素は消え、事件の推理に専念するようになっている。

スコットランド出身のドイルは、先人であるウォルター・スコットのような偉大な歴史小説家になりたい、という望みを抱いていた。ところが、この願望はホームズ物語の続きを求める読者や出版社の期待とはかなり隔たっていた。そのためドイルは何度かホームズを葬り去る。出版社が諦めるだろうと、原稿料の値上げをもちかけると、すんなりと条件が通って契約が結ばれた。また「最後の事件」(『回想』)とまで名前をつけて、ライヘンバッハの滝にモリアーティ教授といっしょに落とすなど「ホームズ殺し」の努力を重ねたのだ。しかしながら、どれも無駄であり、ホームズは復活し帰還することになる。『四つの署名』も、最後にワトスンを結婚させることで、ホームズとの同居生活を解消し、ピリオドを打つ作品だった。その後ワトスンの妻は二つの短編(「ボスコム谷の謎」と「唇のねじれた男」)に姿をみせただけで、いつの間にか死者名簿に入れられ、堂々とホームズとワトスンのルームシェアが復活する。

作品を執筆順ではなくて、扱われた事件の順に整理して、過剰な想像で空白部分を補ってホームズの架空伝記を書いたW・S・ベアリング＝グールドは、ワトスンが三度結婚をしたと断定している(『シャーロック・ホームズ』)。ワトスンが結婚しても、ホームズがたとえ死んだとしても、ホームズ物語は続くのである。二作目の『四つの署名』は、作者の死以外では終わらないというホームズ物語の始まりを準備した作品なのである。

【読者への警告と読書のお誘い】

これ以降、『四つの署名』に関しては、全部いわゆるネタばらしで話を進めていくことになる。つまり、ミステリーを成立させる三つの要素のすべてを明らかにした上で議論を進めるつもりなのでご注意を。

「フーダニット(whodunit)」　犯人は誰なのか?
「ハウダニット(howdunit)」　殺害方法はどういうものなのか?

「ホワイダニット（whydunit）」　犯行の動機はなにか？

この「犯人」、「方法」、「動機」という三つの要素の取り扱いが作家や作品ごとに異なるのがミステリーの魅力となっている。新しい作品を手に取るとき、今度はどんな趣向で楽しませてくれるのか、と期待をもって読者はページをめくるものである。そのため未読の人に対して、犯人は「＊＊＊」とか、トリックは「＊＊＊が＊＊＊なことだ」といったネタばらしをするのは厳禁とされてきた。ところが、ネタばらしなしにはミステリー作品の細部や魅力の説明はできないという矛盾がある。

こうしたネタばらしの是非については、すでに『緋色の研究』の第一部第四章でホームズとワトスンの間に次のようなやりとりがあった。ワトスンに事件の真相を質問されて回答した後で、ホームズはこれ以上の説明はしないと拒否する。「手品師がいったんトリックを説明すると、信用がなくなってしまうからね。使っている方法を種明かししすぎると、ぼくがまったく平凡な人間だと結論づけられてしまう」と返答した。ワトスンはそんなことはないと否定して「君は探偵術をこの世でできる限り厳密な科学に近づけたんだから」と称賛したのである。そうするとホームズは容姿をほめられた若い娘のように顔を赤らめるのだ。

ホームズの考えによるならば、ワトスンが事件の真相を書くこと、つまりドイルの小説自体がネタばらしなのである。しかも、探偵術が厳密な科学であるならば、再現性をもつはずで、方法さえ身につければ、ホームズ以外の、たとえばレストレイド警部でも同じような推理能力を発揮できるはずである。それをホームズは懸念しているのだが、手品がアートであり、トリックだけではなくて観客への見せ方が大切だとするならば、他人が模倣をするのは難しい。

これはそのままドイルの文学観の表明でもあるのだ。たとえ使用される方法が種明かしされても、ホームズ流の探偵術を真似できないように、ドイルは自分のようなミステリー小説を真似ることはできないと宣言している。実際、無数にドイル流のホームズ模倣作品は書かれてきたが、正典と同等とか、乗り越えたとされる作品は数えるほどしかない。しかも、ミステリー小説として乗り越えた場合には、登場する探偵も執筆した作家も、ホームズとは別の方法を採用しているのである。

すぐれた作品は、「犯人」「方法」「動機」の三つの要素がわかっても楽しめる。犯人やトリックを知った上でも再読に耐えるというのが、ミステリー小説の傑作となる条件に含まれる。それを証明しているのが、他ならないホームズ物語であろう。「まだらの紐」や「踊る人形」などを子どもの頃から何度となく読んでも多くの人は飽きなかったのである。大人になって久しぶりに読むと、新しい魅力を発見する。こういう作品を古典と呼ぶのである。

本書の途中で犯人やトリックのネタばらしがあっても困らないように、『四つの署名』をあらかじめ読んでおくか、作品を読みながら参照することをお勧めしたい。なお、他の作品については、トリックや犯人に触れない社会や文化関連の場合には、作品名を具体的にあげてある。だが、それ以外の場合には、作品名が特定されないように、意図的に記述をあいまいにしている。そのあたりはご寛恕願いたい。

◉ 推奨する翻訳

『四つの署名』は、児童書も含めると数多くのバージョンが日本でも出版されてきた。そのなかで比較的手に入れやすいのは、電子書籍版も完備している文庫本である。ここでは現在参照できる代表的な翻訳を、それぞれの冒頭の一文とともに紹介する。人物関係やあらすじを理解するには、自分にしっくりとくる訳文の翻訳書を選ぶことであるし、最後まで読み終えるためには、訳文の語調が自分の好みと合うのかをチェックすべきである。さいわいにも、ホームズ物語は翻訳に恵まれているので、選択肢が多いのだ。

以下では、六種類の文庫を出版年順に紹介していく。どれも巧みな訳者によるものだが、訳語の選び方や文のリズムなど持ち味はずいぶんと違う。

①『四つの署名』（新潮文庫　延原謙訳、一九五三年）

「シャーロック・ホームズはマントルピースの隅から例の瓶をとりおろし、モロッコ革のきゃしゃなケースから皮下注射器をとりだした。」

延原謙は、第二次世界大戦前から、ドイルやクリスティを翻訳してきたし、『新青年』の編集者も務めた作家でもある。一九二九年に世界探偵小説全集のために翻訳をしたのが基であり、しかも現在でも通用している。熟語も多くて硬めの訳なのだが、一九九一年に息子の延原展により全体に改定がほどこされた。漢字にはルビも数多く振られて読みやすい。「モースタン嬢」が「ございません」を多用する言葉づかいも、どこか古風な感じを与える。ドイルによって書かれた十九世紀当時の文章の格調を求めるなら、延原訳を選ぶことになるだろう。

②『四つの署名』（ハヤカワ・ミステリ文庫、大久保康雄訳、一九八三年）

「シャーロック・ホームズはマントルピースの隅から壜をとってきて、きれいなモロッコ革のケースから注射器をとりだした。」

大久保康雄は、戦時中から大量の翻訳をしてきて『風と共に去りぬ』などが有名だが、これは晩年の仕事となる。引用箇所でも、「瓶」ではなくて「壜」とし、皮下をわざわざ付ける必要がないと思ったのか、「注射器」という言い方で済ませている。「ミス・モースタン」は、「ですわ」という言葉づかいをする。読みやすさを重視し、ホームズの口調などもリズムが良く、ちょっと古風な翻訳を楽しみたければ、大久保訳はお勧めである。

③『四つの署名』（光文社文庫　日暮雅通訳、二〇〇七年）

「シャーロック・ホームズは、暖炉のマントルピースの隅にある瓶を取り、なめらかなモロッコ革のケースから皮下注射器を出した。」

日暮雅通による訳は、細かな工夫がなされている。引用箇所でも、他の人が「取り出す」としているところを「取り」と「出した」に分けて冗漫さを消している。「ミス・モースタン」はふつうの「ですます調」で話すが、ホームズとワトスンが友人として対等な口調なのが印象的である。多くの熟語をひらがなに開いているので読みやすいのと、語学的な正確さを求めた訳と言える。シャーロキアンとして知られる日暮は、数多くのホームズ関連著作も翻訳していて、背景知識も確かであり、単なる語釈を超えた独自の註釈がついている。

④『四つの署名』（角川文庫、駒月雅子訳、二〇一三年）

「シャーロック・ホームズは、暖炉の前でマントルピースの隅から小瓶を取りあげた。続いて美しいモロッコ革のケースから、皮下注射器を取りだす。」

駒月雅子は、一つの文を二つに分割して読みやすくしている。これにより全体がスピーディーな感じを読者に与える。しかも「取りだす」と訳して、ワトスンによる回想というより、目の前で起きている出来事を記述しているように感じさせる。きびきびとした文章のホームズ訳を読みたければ、駒月訳は候補となる。小学校上級以上向けに編集され、ライトノベル風の表紙をつけた角川つばさ文庫版に、駒月訳が使われているのも不思議ではない。

⑤『四つのサイン』（河出文庫、小林司&東山あかね訳、二〇一四年、親本一九九八年）

「シャーロック・ホームズはマントルピースの片隅からびんを取り上げると、格好のよいモロッコ革のケースから皮下注射器を取り出した。」

小林司は精神科医をしながら、シャーロキアンとして活躍し、日本シャーロック・ホームズ・クラブ（ＪＳＨＣ）を設立した。この翻訳はオックスフォード大学出版局から出た全集の本文と註を翻訳したもので、数多くの註釈がついている。この一文だけでも註は二つある。この作品の原稿が個人の所有物であり、五十万ドル以上で落札されたとか、皮下注射器を発明したのはアメリカ人医師だといった情報がそこから得られる。シャーロキアンとして読むのならば、小林&東訳がふさわしいだろう。ただし、単行本で出たシリーズを文庫化したものだが、残念ながら文庫本では註釈の一部が削られたので、できれば図書館などで親本となった単行本を探して読むことをお勧めする。

⑥『四人の署名』（創元推理文庫、深町真理子訳、二〇一五年）

「シャーロック・ホームズはマントルピースの隅からいつもの瓶をひきよせ、つづいて、しゃれたモ

ロッコ革のケースから、皮下注射器をとりだした。」

深町真理子はSFからホラーやミステリーまで幅広く訳してきたベテランである。ホームズ関連では、ジュリアン・シモンズによるドイル伝の訳者としても知られる。それだけに、原文にはない「いつもの」という表現を加えたのは、後を読むとわかる情報を先取りして、注射が常習化しているとしめす親切心の表れでもある。深町訳は、このように原文にふくらみや解釈を入れて翻訳するタイプなので、直訳的な正確さを求める人には合わないかもしれない。だが全体を見据えた訳になっている。

＊

ちなみに、引用箇所の原文は“Sherlock Holmes took his bottle from the corner of the mantel-piece, and his hypodermic syringe from its neat morocco case.”である。モロッコ革のケースを修飾する“neat”の訳の違いが、六人それぞれの色合いを生み出している。興味深いことに、六人がつけた訳語はまったく別だった。順に「きゃしゃな」（延原訳）、「きれいな」（大久保訳）、「なめらかな」（日暮訳）、「美しい」（駒月訳）、「格好のよい」（小林&東訳）「しゃれた」（深町訳）となる。これも自分の好みの訳書を判断する材料となるはずである。

◉ インターネット上

＊「トコトン英語　続けていればきっとよくなる」という英語学習サイトが、ホームズ全作品の翻訳と対訳を無料公開している。語学的観点からのホームズ物語への指摘も有益である。

全訳は「コンプリート・シャーロック・ホームズ」

https://221b.jp/

対訳は「原文で読むシャーロック・ホームズ」

https://freeenglish.jp/holmes/

＊シャーロキアンの関谷悦子と熊谷彰による、日本語で読める「コナン・ドイルの世界」という詳細な情報を掲載したサイトもある。ホームズ物語以外のドイル作品の情報が豊富である。

http://shworld.fan.coocan.jp/06_doyle/06_index.html

＊原文だけならば、ドイルが書いた作品やエッセイなどほとんどすべての英文が読めて、手紙や写真などの情報も盛り沢山な"The Author Conan Doyle Encyclopedia"という決定版のサイトがある。本書の一次資料の多くはこのサイトに頼っている。

https://www.arthur-conan-doyle.com/index.

【この本の構成】

全体を大きく三部にわけている。

第1部は、登場人物と物語の流れを扱う。それにより全体の構造が掴みやすくなるだろう。『四つの署名』にはホームズ、ワトスン、ハドスン夫人というレギュラーメンバーがいるが、三人については他の作品にも触れながら特徴を明らかにする。そして今回の依頼人など関係者なども説明する。次にあらすじを紹介しながら、ホームズやワトスンの名言、さらにその章に出てきた背景知識を詳しく述べていく。これによって、たとえ未読であっても『四つの署名』の成り立ちがわかってくる。

第2部は、タイトルにちなんで「インド」「探索」「ロマンス」「症例」の四つの記号と関連するものを説明し、特徴を論じていく。これによって、『四つの署名』が過去や同時代のさまざまな要素とからみあって、多面的な魅力をもつことに納得するだろう。

第3部は、『四つの署名』が過去の作品からどのように影響を受け、またホームズ物語のなかでの位置づけを考えていく。ドイルの創作方法の一端がわかるだろう。そして、翻訳や翻案さらには映像化によって、『四つの署名』がどのような広がりをもったのかを確認する。

※注意点

ホームズ物語の他の作品名については、ネタばらしに直結しない場合には作品名を「ぶな屋敷」のようにあげておく。ただし、トリックや犯人を特定する情報につながる場合にはあいまいにしてある。短編集はタイトルの一部をとって、『冒険』『回想』『帰還』『(最後の)挨拶』『事件簿』としてしめす。

個々の作品名や固有名詞に関しては、ちくま文庫版の「詳注版シャーロック・ホームズ全集」(以下「詳注版」)及び、その別巻として、北原尚彦によって日本独自に編まれた『シャーロック・ホームズ事典』を参照した。だが個人の好みや文脈上で変えているところもある。

ホームズ物語の引用訳文に関しては、定評のある「オックスフォード版」を中心に、バンタム・クラシックス、デルファイ・クラシックス等を参照しながら自分で訳出をした。もちろん、その際に前出の六種類以外に、詳注版であるちくま文庫の井村元道訳をはじめ鮎川信夫訳や阿部知二訳など数多くの既訳にお世話になったのは間違いないので、先人たちの努力にここで深く感謝しておきたい。

第❶部 『四つの署名』の成り立ち

※ 読者への再度の警告 ※

犯人やトリックを全面的に明らかにした上で説明している。

第1章　作品をいろどる登場人物たち

この章では、まず『四つの署名』の登場人物たちの役割や特徴を解説する。各キャラクターが立っていることがよくわかるホームズ物語は、レギュラーと準レギュラーの固定メンバーに、事件ごとの依頼人や犯人といったゲストから出来上がっている。今回もホームズとワトスンはもちろんワトスン夫人そして警部や他の援助者も出てくる。

【ホームズとレギュラーメンバー】

★シャーロック・ホームズ

ホームズの生年月日や出生地に関しては、正典と呼ばれるドイルの作品のなかに決定的な手がかりはない。だが、創作を交えたベアリング＝グールドの架空伝記『シャーロック・ホームズ　ガス燈に浮かぶその生涯』などによると、一八五四年一月六日の生まれとなり、この日付けがどうやらシャーロキアンの定説である。『四つの署名』の事件が一八八八年九月に起きたとするならば、ホームズはこのとき三十四歳となる。

ホームズは世界一有名な私立探偵だが、「私立探偵（プライベート・ディテクティヴ）」という語は、二段階で生まれた。まず、十九世紀半ばに「捜査担当（ディテクト）の警察官」という語が生まれ、刑事を指していた。短縮されて「捜査官」の意味で「ディテクティヴ」が使われる。それと識別するために、非公式な職業をしめす「私立の」という語を頭につけた。だから「公立探偵」という語は存在しない。ホームズも刑事たちを単に「ディテクティヴ」と呼んでいる。

イギリス留学帰りの夏目漱石は、『吾輩は猫である』（一九〇五―〇六）で、探偵の語をたくさん使い、「警視庁の探偵」とか、「探偵と高利貸ほど下等な職業はない」と猫に語らせていた。ちなみに『シャーロック・ホームズの帰還』の単行本は一九〇五年に発売されていて、まさにドイルと漱石は同時代人なのである。また『草枕』（一九〇六）には、「普通の小説はみんな探偵が発明したものですよ」と出てきて驚かされる。ただし、この場合の探偵は「他人を観察する者」くらいの意味である。

ホームズとの同時代性といえば、留学中の一九〇二年に漱石は「下宿の婆さん」に命じられ、自転車に乗る練習をして何度も落ちた体験に基づいた「自転車日記」（一九〇三）を書いている。その一方でホームズ物語の一つとして、女家庭教師のヴァイオレット・スミスがさっそうと自転車に乗る姿が出てくる「一人ぼっちの自転車乗り」（『帰還』）が一九〇三年末に発表された。しかも、舞台は一八九五年でもっと昔の話なのであるが。「自転車日記」で、漱石は「うつくしき令嬢」からウィンブルドンまで自転車旅行をしようと誘われて、自転車に乗れず「サイクリストたる資格なきもの」と断っている。漱石とホームズを結びつけた山田風太郎の「黄色い下宿人」（一九五三）や島田荘司の『漱石と倫敦ミイラ殺人事件』（一九八四）が書かれたのも不思議ではない。

ホームズの作品世界では、すでに多くの私立探偵が活躍している。ただし、ホームズは、刑事や他の私立探偵の手に余った仕事を引き受けて、探偵業のコンサルタントをする「探偵のための探偵」でもある。他よりも一段上に自分を位置づけ、この唯一無二の職を生み出したともいう。前作の『緋色の研究』で、ワトスンは、同居人のホームズの許に、レストレイド警部が週に三、四回訪れ、それ以外にも「興信所」から回されてきた依頼人が多数訪れるのを目撃して、ホームズが医学関係者ではないと了解するのだ。

コンサルタント探偵でもあるホームズには、現場に出かけることなく、手に入れた情報だけで推理を働かせる「安楽椅子探偵」の面もあった。これは、社会人類学者のJ・G・フレイザーが『金枝篇』（一八九〇）を執筆する際に、集めた他人の資料から議論を組み立てた方法を「安楽椅子人類学者」などと揶揄されたこととも共通する。

実際、『四つの署名』の冒頭でも、ビロード張りの安楽椅子が登場する。安楽椅子とは、「観念的」とか「空論」だと批難する表現となる。しかしながら、ホームズは生涯で五百の事件を解決した（『バスカヴィル家の犬』）ともされるし、複数の事件を同時に手がけ、大量の情報をマルチに処理している。海外の同業者とも手紙でやり取りをしているが、世界中をホームズ自身が飛び回っているわけではない。

しかも、ホームズが事件を引き受けるかどうかは、報酬の額ではなく、その事件がどれだけ自分の関心を惹きつけるのかを基準にしていた。審美的に選り好みをするのが「アマチュア」の特徴だが、この場合のアマチュアという語は、専門家ではない「素人」という意味だけでなく、働かなくてすむ「有閑階級」とか「高等遊民」といったニュアンスがある。たとえば、進化論で有名なチャールズ・ダーウィンは、大学などでの定職にはつかず、父親や叔父の援助を受けた資産を運用するだけで暮らせるアマチュア博物学者だった。

ホームズは「仕事をぼくにくれ」とワトスンに言うが、それは暗号文や怪事件といった難問を待ちわびる要求であり、日々の生活の糧を得るためではない。レストレイドやジョーンズなどの刑事たちがあくせくと働く間、ホームズがヴァイオリンを演奏し、コカインなどの「麻薬」にふけることができるのも、経済的な余裕があるおかげである。

先祖は「田舎の郷士」だったとホームズは述べる（「ギリシア語通訳」）。また、ライヘンバッハの滝から落ちて行方不明だった「大空白時代」の間も、政府の仕事をしている兄のマイクロフトが旅行費用や下宿代などの資金援助をしてくれた（「空き家の冒険」）。こうした育ちや経済的な裏づけが、ホームズの行動にダンディズムの雰囲気を与えている。

『緋色の研究』では、ロンドン警視庁のグレグスン警部から届いた依頼の手紙で事件に関与することになったが、『四つの署名』では、ホームズは審美的な判断を優先した。依頼人のメアリー・モースタンが訪ねてきて、「私が陥っている状況よりも奇妙で、まったく説明不能なものなど考えられません」と口にしたことで、ホームズの心はときめき始めて、難解なパズルを与えられた子どものように、その解決に身を乗り出す。報酬の金額などは、関与を決める際に重要ではなく、メアリーも費用の件を口にしない。

この一種の芸術家肌の性質は「芸術家のヴェルネの妹」だった祖母から遺伝的に受け継いだとホームズは主張している（「ギリシア語通訳」）。これが実在した画家のホーレス・ヴェルネを指すのかは不明だが、ホームズにフランス人の血が混じっていることは興味深い。ヴェルネはナポレオン一世の肖像画も描いているし、ナポレオンやフランス好きのドイルらしい設定である。

ドイル家はフランスからアイルランドに渡ってきたカトリックを先祖にもっている。そしてフランス名の「ド・オイル」が詰まってドイルとなったとされる（シモンズ『コナン・ドイル』）。その後アイルランドからスコットランドへと移り住んだのである。『四つの署名』でも、ホームズがフランスの探偵に知恵を授けて、受け取った感謝の手紙がワトスンに披露される。名探偵とフランス的な要素との関係は、ポーによるフランス人名探偵デュパンのような明白な場合だけでなく、アガサ・クリスティのベルギー人探偵エルキュール・ポアロ（ポワロ）にも通じるのである。

★ジョン・H・ワトスン

『緋色の研究』の冒頭で、ワトスンは一八七八年にロンドン大学から医学博士号を取得して、インドの連隊での軍医の職を見つけた。ところが、第二次アフガン戦争のマイワンドの戦いで負傷し、退役をしてイギリスに帰国した。傷痍年金でロンドンでの生活をするには、ルームシェアが必要と考え、大学病院時代の知り合いだったスタンフォードの紹介で、ホームズとの同居生活を始めたのである。

ホームズ物語のほとんどの作品をワトスンが語っている。例外となるのは、ホームズが直接語る「白面の兵士」と「ライオンのたてがみ」、さらに三人称の「マザリンの宝石」と「最後のあいさつ」である。ワトスンはホームズの記録をとり、後日発表する役目を担っている。「イノック・ドレッパー殺害事件」の真相を『緋色の研究』として発表したおかげで、世間がホームズの存在を知るようになった。ホームズの兄マイクロフトも「あなたが弟の年代記作者になって以来、あちこちでシャーロックの名を耳にします」と言っている（「ギリシア語通訳」）。

ホームズはこうした役目をはたすワトスンを「ぼくのボズウェル」と呼ぶ（「ボヘミアの醜聞」）。ジェイムズ・ボズウェルとは、十八世紀のスコットランドの弁護士で、最初の英語辞典を執筆した同郷のサミュエル・ジョンスン博士に同行して、その言行録に基づいて伝記を出した。スコットランド出身のドイルが、この二人に親近感を覚えても不思議はない。ドイルはボズウェルによる『ジョンスン伝』を愛読していたと自分の読書論『魔法の扉を通って』で述べている。実在したジョンスン博士とボズウェルの関係を、ホームズとワトスンの関係に持ちこんだわけである。

ワトスンは、医師として訓練された目で、ホームズとそのおこないを観察し続けた。結婚して診療所を開いていた時期を除くと、一説には十七年とされる同居生活を送っている。ホームズの観察眼と推理力が常人を卓越しているだけでなく、ワトスンもそれなりの観察眼をもっている。

ワトスンは初対面のホームズの手が「いたるところに絆創膏が貼られて、強酸のせいで変色している」ことに気づく（『緋色の研究』）。また握手をしたマイクロフトの手が「アザラシのひれのよう」なども細かな記述をしている（「ギリシア語通訳」）。おかげで読者はそれぞれの人物の特徴をつかめるのだ。ホームズに、ドイルの恩師であるベル博士やデュパン以来の歴代の名探偵たちがもつ推理力が投影されているとすれば、ワトスンには、医者であるドイル自身の観察眼が投影されていたのである。

ホームズとワトスンは、それぞれの人物像が対照的なせいで、補完するコンビになっている。ホームズは「科学的で人情がない」と評され、ワトスンから太陽系も知らない常識が欠如している人物と非難された（『緋色の研究』）。それにたいしてワトスンは常識人である。ロマンスに関しても、ホームズは「女嫌い」とまで評されるが、『四つの署名』は、ワトスンのロマンスの物語となっている。しかも、ワトスンはその後作者ドイルと同じく結婚を少なくとも二度していて、三度説を唱えるシャーロキアンもいる。

語り手であるワトスンは「入院患者」（『回想』）でのように、ホームズとロンドンを三時間も散歩しながら、その途中で繰り広げる彼の推理や人間観察に聞き惚れてしまう。そして、ベイカー街に止まっている馬車に乗っているのが医者だ、とホームズが推理したときに、医療器具が馬車のなかにあるのを認めて、ホームズの推理に根拠があるとワトスンは納得する。ワトスンはそれほどホームズの科学的推理の信者になっていた。

だが、それほどホームズ流を学んでも、ワトスンが推理を披露して失敗することもある（『バスカヴィル家の犬』）。これにより、ホームズの能力が際立つだけでなく、ワトスンは多くの人が考える平凡な推理を先取りしているのだ。ワトスンや刑事たちの推理がみごとに失敗をして、ホームズの成功へとつながっていくのが、読者には快いのである。

ワトスンとホームズの両者の家族がどんなものかは詳しくはわからない。けれども、『四つの署名』では、ワトスンが相続した一個の時計から、すでに亡くなっただらしない性格の兄がいて、山あり谷ありの人生を送ったことが明らかにされる。また、ホームズにもマイクロフトという兄がいて、推理力の点では到底かなわないことを白状する。ひょっとすると、弟としてそれぞれの兄に対する複雑な感情をもつことが、ホームズとワトスンを結びつけているのかもしれない。

★　ハドスン夫人

ベイカー街二二一にある家の大家で、一階に住んでいる。ホームズたちはその二階をルームシェアしたわけで、有名な「二二一B」という住所は、郵便の配達などでハドスン夫人の住まいと区別するための表記である。ドイルが執筆した当時ベイカー街には八五番までしか存在しなかったので、あくまでも架空の住所だった。エディンバラでのドイル一家の住まいがジョージ・スクエア二三であり、上の階は「二三B」と名づけられ、外から別の階段がつながっていた（オックスフォード版註）。だが、ハドスン夫人の下宿は内階段であり構造は異なるので、「B」がどこまで必要だったのかは不明である（映画などで、この住所が玄関に登場することがあるが、その場合に二二一や二二一Ａが登場することはない）。

ハドスン夫人の下宿は、いわゆる賄いつきなので、朝夕にワトスンたちに食事や飲み物を提供している。たとえば、一八九三年の「海軍条約」（『回想』）では、カレー風味のチキンやハムエッグが、コーヒーや紅茶とともに出てきた。そのときに「料理のレパートリーは限られているが、スコットランド女性並に朝食に創意工夫をしている」というのが、ハドスン夫人の料理へのホームズの評価である。

『四つの署名』でも、ハドスン夫人のハムエッグが出てきたが、ホームズ自身が料理の腕を発揮して、白ワインを添えたカキとライチョウの晩餐をワトスンたちにふるまう。そうしたグルメな目からすると「レパートリーが限られている」という批判も当然かもしれないが、ハドスン夫人の提供する料理の代金は下宿代に含まれるので、定番の食事となるのも致しかたない。

たとえば一九一一年の「赤い輪」（『挨拶』）での依頼人である下宿の家主の女性も、二週間分の食事代こみの下宿料を払った下宿人がとっている不審な行動を気にして相談にやってきた。最上等の部屋で、下宿代は一週間五十シリングだった。二週間分だと百シリングつまり五ポンドになるのだが、男は十ポンドを前払いした。その後、部屋にこもりきりで、食事はドアの前に運ばせるので、それだけでも好奇心の対象となる。前払いをする気前のよい客が部屋に閉じこもるというのは、Ｈ・Ｇ・ウェルズの『透明人間』（一八九七）の主人公の行動をどこか思わせる。

それにしても、ハドスン夫人の料理を評価する際に「スコットランド」が出てくるのが、いかにもドイルらしい。スコットランド人がケチだとするロンドンでの常識に照らし合わせると、ホームズの言葉は皮肉にも聞こえる。また、ハドスン夫人は前の晩の残り物をカレー粉などで再利用する手腕をもっていたと関谷悦子は推測する（関谷悦子「シャーロック・ホームズの食卓」）。それだと、なかなか後始末の良い女性だったわけである。ワトスンとホームズは揃って食事をしないことも多く、仕事に熱中するホームズに至っては、食事の時間を訊かれて「明後日の七時半」と答える始末である（「マザリンの宝石」）。

またハドスン夫人の大事な役目は、訪問客を二階に住むホームズへと取り次ぐことである。『四つの署名』でも、メアリー・モースタンという依頼人を案内した。しかも名刺を真鍮の盆に載せてきたのである。そして、ベイカー街非正規軍の子どもたちが、集団で階段を上ったときには、明らかに不機嫌な声をあげて追い出そうとした。

下宿の大家も立場は色々である。「赤い輪」の下宿の家主は夫の稼ぎが少ないので、それを補うために少々高めの下宿代をとっていた。漱石に自転車の練習をするようにと命令したがみがみ屋の「下宿の婆さん」は姉で、体重が半分ほどの妹と暮らしていた。一方ハドスン夫人の場合には、夫であるはずのハドスン氏は生死不明で、正典中に登場しない。夫とは死別したと推定され、手間のかかる厄介な二人の独身男たちの面倒をみる母的な役目をはたしている。こうしたハドスン夫人のもつ母的な役割を、ドイルが絶えず手紙を送っていた母親のメアリーと結びつけることもできるだろうが、これにはもっと現実的な裏づけがあった。

ドイルが南イングランドのサウスシーで病院を開いて、弟のイニスと同居していたとき、家事をしてもらう条件で、新聞広告で募集した女性に一階を貸したことがあった（ドイル『回想と冒険』）。姉妹を装った二人の高齢女性を選んだのだが、両者の間で喧嘩が起きて、一時は二人とも下宿を出ていってしまった。ようやく、ドイルが説得して料理上手なほうに下宿に残ってもらい「それ以降も食事を作ってくれることになって、私たちの生活はまったく通常にもどった」と安堵したことを書き留めている。その解決法というのは、蓄えのない彼女がお金を稼ぐために開いた小さな店の商品を全部買いとることだった。

その後マッチや靴墨に困らなかったし、費用は十七シリング六ペンスだった、とドイルは細かに記す。ドイル兄弟が高齢の女性に食事の世話をしてもらった生活は、そのままホームズとワトスンがハドスン夫人の下宿で送る生活のモデルとなった。しかも独身時代は「ボヘミアン」でかなり羽目をはずしていた、とドイルは反省している。その後弟のイニスがヨークシャーの学校に行くために離れ、一八八五年にドイルは自分の患者の姉であるルイーザ・ホーキンズと結婚して暮らし始めるのである。こうした体験がそのまま『四つの署名』での筋の展開の下敷きとなったのは間違いない。

ただし、ドイルは小説ではすべてを逆転した。ドイル兄弟は自分たちの家事の世話をしてもらう一階に住む女性を新聞広告で募集した。ハドスン夫人のような下宿ではなくて、あくまでもそこはドイルの家である。また、ホームズにあたる弟のイニスのほうが家を出たのであって、医者のワトスンにあたるドイルが出たわけではない。このせいでベイカー街の下宿の雰囲気が患者がやって来る病院に似ているのだ。当然ながらルイーザこそが、『四つの署名』におけるメアリー・モースタンのモデルなのである。

【事件の関係者たち】

★　メアリー・モースタン

『四つの署名』の事件の発端となる依頼人で、セシル・フォレスター夫人の許で女家庭教師として働く。父親のモースタン大尉はインドのアンダマン諸島にある刑務所に勤めていた。十年前に休暇のために帰国したロンドンのホテルで失踪した。その後新聞にメアリーの住所を尋ねる広告が出て、それに応じると、毎年真珠がひと粒ずつ送られてくるようになった。その主から連絡があり、会うときの立会人をホームズとワトスンに依頼する。ワトスンはひと目で彼女に好意をもつようになる（以下では単にメアリーと記述する）。

★ モースタン大尉

メアリーの父親で、インドのアンダマン諸島で囚人の警護をおこなっていた。妻を亡くして、娘をスコットランドのエディンバラの寄宿学校で教育を受けさせる。そして、一年の休暇を得て帰ってきたところ、滞在中のホテルで行方不明となった。

★ ジョン・ショルトー少佐

インドでモースタン大尉と同じく囚人警護にあたっていて一足早く帰国していたが、十年前には失踪の理由はわからないと答えていた。だが、インドから密かにもってきた財宝があり、六年前に亡くなった折に双子の息子たちに存在を教える。そして、モースタンの娘であるメアリーに財宝を分けるように遺言を残した。

★ サディアス・ショルトー

少佐の息子で、バーソロミューとは双子。善良なタイプで、父親の遺言どおりにメアリーに真珠を送っていた。財宝が発見されたので、手紙で呼び出して、彼女に真相を明らかにして分けようとする。

★ バーソロミュー・ショルトー

少佐の息子で、サディアスとは双子。父親の家を引き継ぎ、隠された財宝を発見する。だが、サディアスと異なり独占しようとする。ホームズたちが訪れたときには殺害されていた。残された手かがりのひとつが、四人の名前と十字を四つ並べた記号が描かれた紙だった。

※バーソロミュー殺害の真犯人やトリックに関しては、第２章で明らかにする。

【今回の准レギュラーメンバーと援助者】

★　アセルニー・ジョーンズ警部

ロンドン警視庁の警部の一人である。たまたまノーウッドに別の事件でやってきていたので、バーソロミュー殺害事件を担当することになった。他のグレグスン警部、レストレイド警部とは異なり、この一作にしか登場しない。だが、じつはなかなかの美食家で、仕事以外の私生活の面も見せるのである。

★　ベイカー街非正規隊（イレギュラーズ）

ホームズが雇っているホームレスなどの少年たちの一団。『緋色の研究』に続いて、ホームズの片腕となって働き、今回は犯人が使ったとおぼしい船の行方を捜索する。リーダー格はウィギンズなのだが、ホームズに電報によって呼び出されるので、どこかに連絡先をもっているようだ。

★　動物商のところのトビー

ホームズがワトスンに借りてくるように依頼した犬。ワトスンはそのために動物商のシャーマン老人のところに向かう。トビーは雑種犬だが嗅覚が鋭く、アマチュアの探偵犬として活躍する。

第2章　物語の流れとホームズたちの名言

この章では、『四つの署名』を章ごとに本文のあらすじを述べて、ホームズたちの名言を取り上げて解説し、章ごとの問題点や背景説明も加えていく。たとえ未読であっても全体の流れがわかるようにしたつもりである。もちろん真犯人やトリックについて触れることになる。

◉第1章「推理学」（The Science of Deduction）

【物語の流れ】

ホームズがコカインの注射をするところから物語は始まる。ワトスンは一日三回の悪癖を中止するように忠告するのだが、ホームズは頭を停滞させないためだ、と返答する。さらに、ホームズを喜ばせようとして書いた『緋色の研究』が、科学としての推理に話題を集中せずに、ロマンスの味つけで台無しになったと非難されたので、ワトスンは気を悪くする。

探偵のコンサルタントをする探偵であるとホームズは自画自賛する。そしてフランスの探偵からの賛辞の手紙を紹介する。さらに、煙草の灰の識別法の著作や、人々の足跡の判別方法や職業が手にあたえる影響の小論文も書いていると告げる。

ホームズは、探偵術とは観察と推理による精密な科学だと主張する。そしてワトスンが出かけたのが近所の郵便局で、しかも電報を打ってきたと結論づける。靴の泥などの観察と、他の可能性を排除したことによる推理なのだが、まだワトスンは納得しない。

そこでワトスンは自分の時計を渡して、ホームズに推理させる。ワトスンの兄の形見であり、その兄はずぼらな性格で、酒浸りで死んだと明らかになる。高価な時計なのに質屋の刻印が四個あるとか、鍵や硬貨による傷が見られるという観察から、時計の持ち主の個性や運命をホームズは読みとったのだ。だが、こうしたホームズの非人情な推理により、ワトスンの隠したい過去が暴かれてしまった。

ホームズの能力が、ワトスンだけでなく読者にも証明されたところで、ハドスン夫人が、真鍮の盆の上にメアリー・モースタンの名刺を載せて入ってくる。

★　ホームズの言葉　★

「他の要素をすべて取り除いたら、残ったものが真実に違いない」（Eliminate all other factors, and the one which remains must be the truth.）

これは、ホームズがおこなう推理方法のひとつである。靴についた泥の種類から、ワトスンが訪れたのがウィグモア街郵便局だと特定した。さらに午前中ワトスンは手紙を書いていなかったし、机には切手も葉書も充分にあって品切れではない。つまり、手紙を出すとか、何かを買うのが目的ではない。そこで、郵便局に向かった理由は、電報を打つためだとホームズは結論づけたのだ。余計な要素を含んでいるとか、確率（蓋然性）が低いものを取り除くことで、正解に達したのである。このやり方は、後に

「緑柱石の宝冠」（『冒険』）などで威力を発揮する。

ホームズが言うように、いくつか考えられる選択肢から、正解となる可能性が低いものを消していき、最終的に正解を得るというのは、四択問題などを解く極意でもある。ただし、ホームズの時代の試験問題は、エッセイを書いたり全文翻訳だった。試験問題が盗まれたとして大騒ぎになる「三人の学生」（『帰還』）がある。奨学生を選ぶためのギリシア語試験は、トゥキュディデスの『戦史』から半章分を英語に訳すという問題だった。いわゆる全訳試験だったのだ。

現在ＴＯＥＩＣなどでおなじみの選択式の問題は、アメリカのコロンビア大学のベンジャミン・ウッドによって一九一九年に考案された。つまり『四つの署名』のときにはまだ存在していない。ウッドにより、真偽を問うタイプとあらかじめ用意した選択肢から選ぶタイプの二種類が作られ、採点の手間を省きつつ、試験の精度を高めるのが目標だった。これが後の一九二六年にはＳＡＴという全米共通の入試テストとなった。

そして、一九三四年にウッドの方法に関心をしめして、採点するための機械をＩＢＭが作ったのである（ハワード・ウェイナー『コンピューター化された適用判断テスト』）。ＩＢＭは、大恐慌のときに大量の失業者のデータを政府が処理するための大型計算機を開発し、コンピューター企業として成長していった。論理機械としてのホームズと相性が良いのは、「ＩＢＭワトソン」というディープラーニングのプロジェクトだろう（残念ながら名前は初代社長から採られたものだが）。

ホームズ物語にかぎらず、ミステリー小説では、選択肢がしめされ、可能性が低いものが消去されていくことで犯人にたどりつく。連続殺人事件で、容疑者が被害者になってしまうのも、犯人の可能性の低い人物が消えたことにほかならない。消去法に基づいていることで、謎が解明されたプロセスが説得力をもつのである。現実の事件、とりわけ殺人事件では、多くの選択肢があるし、初動のミスや目撃証言や物証の不足などで、手がかりとなる選択肢が見つからずに迷宮入りすることもある。

ところが、フィクションであるミステリー小説は、最後のページで謎が解決しなくてはならないので、作家は容疑者や殺害方法についての選択肢をわかりやすく限定する。これは入試などの選択式問題において、選択肢のどれかが正解でなくてはならないのと似ている。ゲーム性の強いミステリー小説を「パズル」と呼ぶのもうなずける。そしてパズルだからこそ次々と解きたく（読みたく）なるのである。

◆推理学とシャーロキアン◆

章のタイトルである「推理学」は、前作の『緋色の研究』の第二章とまったく同じである。続けて読むと重複しているように思える。掲載誌も異なり、発表されて三年を経ているので、新しい読者に向けて、ホームズの手法の特徴を説明する必要があった。

『緋色の研究』では、ワトスンがアフガニスタンに行っていた過去などを読み取り、さらには窓から見かけた男を海兵隊の軍曹あがりだと推理した。それが、『四つの署名』では、ワトスンが郵便局へ出かけた理由の解明となり、ワトスンの時計の秘密を解き明かすことだった。手法を繰り返してはいるが、実例は変えているのだ。

『緋色の研究』と『四つの署名』とでは、設定にズレが生じている。第二次アフガン戦争で受けたワトスンの傷の場所が、「肩」から「脚」へと変更されていた。こうした矛盾が、整合性を求めるシャーロキアンたちの間に論争を呼んできた。ホームズを実在した人物として扱うシャーロキアンは、こうした記述の矛盾をワトスン（やドイル）の記憶の危うさや記述の不備に原因があるとか、何らかの隠蔽工作の結果とみなすのである。そして、ホームズの教えのままに、各自がその空白部分を自分なりに「観察」し「推理」するのである。それが大人の文学ゲームとしての「ホームズ学」に他ならない。

ドイルはホームズ物語の設定を詳細まで決めてから書き始めたわけではない。ましてや、後続の作品において、ホームズやワトスンの家族についての情報や、事件が起きた日付や経緯などは、必要に応じてそのつど生み出されてきた。ドイルは、歴史小説の『マイカ・クラーク』の準備には二年をかけて正確さを期したが、ホームズ物語は同時代を舞台にして、シリーズ化を想定してはいなかったので、『緋色の研究』では、「医学博士ジョン・H・ワトスンの回想録より」と冒頭にあるが、年代や背景に関しては、割合無頓着に執筆されたのである。そもそもワトスンの生涯年表を作っていたのかもあやしいのである。

もちろん、文学探偵でもあるシャーロキアンたちの捜査によって明らかになったことは多い。有名なのは、ノーベル文学賞を受賞したモダニズムの詩人として知られるT・S・エリオットの作品への影響である。

コリンズやディケンズの探偵小説同様に、ホームズ作品を愛読していたエリオットは『シャーロック・ホームズ短編全集』の書評を一九二九年の『クライテリオン』誌に発表している。「おそらくシャーロック・ホームズに関する最大の謎は、彼のことを口にしたとき、私たちが常に彼が実在するという気持ちになってしまうことだ」とホームズ愛を口にしている。実際、第二次世界大戦後に、ロンドンのフラットで、ジョン・ヘイワードという編集者の友人と二人でホームズとワトスンのように暮らしていたとき、ホームズ物語の長い一節を暗唱するのが楽しみだった。

そんなエリオットだから、中世を舞台にした詩劇である『寺院の殺人』（一九三五）の問答に、「マスグレーブ家の儀式」の一節を借用した。エリオットに対するシャーロキアンからの質問の手紙に対して、一九五一年にそのとおりだと返答して認めている（サミュエル・ローゼンバーグ『シャーロック・ホームズの死と復活』）。断片の引用によって新しい文学を生み出したエリオットにとり、ホームズファンとしてオマージュを捧げたにすぎない。

また、ミュージカルの『キャッツ』の原作となった『ポッサムおじさんの実用猫』（一九三九）に出てくる犯罪王マキャヴィティが「犯罪界のナポレオン」であるモリアーティ教授を下敷きにしたのは間違いない。これを解き明かしたシャーロキアンであるウェブスターとスターによる論は、一九五四年の『ベイカー・ストリート・ジャーナル』に発表された。今ではマキャヴィティは「マキャベリ＋モリアーティ」とみなされ、ウィキペディアにさえも記載がある。しかも「M」で始まるキャラクターをドイルが偏愛した点をエリオットは踏まえていた。

そうした目で見ると、代表作の『荒地』（一九二二）に出てくる「空虚な都市（アンリアル・シティ）」であるロンドンの霧の風景は、実景だけでなく『四つの署名』などのホームズ物語に触発されたと思える。アメリカのセントルイス生まれのエリオットは、まずホームズ物語などの小説を通して文学都市ロンドンを知ったのだ。『荒地』には、夏には「空き瓶やサンドイッチの包装紙」とゴミだらけだったテムズ川が、春にはゴミを隠して美しく見えるとある。これは『四つの署名』で、おぞましい「野蛮人」の死体と、数々の美しい宝石を飲みこんだテムズ川を思い起こさせる。ホームズ物語のインパクトが二十世紀を代表する詩人に及んでいるのがよくわかるのだ。

◉第二章「事件の陳述」(The Statement of the Case)

【物語の流れ】

メアリー・モースタンが室内に入ってくると、ワトスンは、メアリーが美人ではないが、三大陸の女性を見慣れた目からしても、好ましい女性だと判断する。

メアリーは、住みこみの家庭教師をしている主人であるセシル・フォレスター夫人が、以前に厄介なことをホームズが解決してくれたのを知っていた。それで自分の不可思議な事件をホームズが解決してくれると思い、依頼するために訪れたのである。

彼女の話によると、インドで囚人監視の仕事をしていた父親が、十年前に休暇でロンドンに戻ってきたところ、ホテルで失踪した。引退して帰国していた同僚のショルトー少佐も行方を知らなかった。失踪から四年後に、新聞の私事広告欄に、彼女の連絡先を問う広告が出て、返事を掲載すると毎年真珠が送られてきた。そして、今朝になって新しい手紙がきて、そこには夜七時にライシアム劇場で会いたいと書かれていた。立会人が二人まで認められていたので、ホームズはワトスンを二人目に指名する。

ホームズは、メアリーを魅力的だというワトスンに、人間は見かけだけではわからないと忠告する。ワトスンはメアリーに好意を抱くのだが、自分が退役した軍医でしかない立場に悩むのである。

★　ホームズの言葉　★

「依頼人は、ぼくにとって、ひとつの単位でしかなく、問題内の一要素にすぎない」(A client is to me a mere unit, — a factor in a problem.)

ホームズはあくまでも自分が解くべき難問を求めているにすぎない。だから、その解決を考える際に、ワトスンがメアリーに感じたような依頼人の魅力といった属性は無意味なのである。ホームズは事件全体を数式か論理式のようにとらえて、論理的に解いていこうとする。それを承服できないワトスンはホームズの態度を「非人情」と呼ぶことになる。

作品としての『四つの署名』には、ワトスンとメアリーのロマンスや彼女の遺産相続などが描かれているが、メアリーの父親のモースタン大尉の失踪の謎や、この後で出くわすバーソロミュー殺人事件の犯人やトリックの解明が中心にある。ホームズがおこなう人間を要素としてとらえた謎解きパズルの面と、社会風俗や人間関係の複雑さを描く物語の面をどのように両立させるのかは、ドイルに限らずミステリー作家にとり悩みの種であった。

エドガー・アラン・ポーの名探偵デュパンは「盗まれた手紙」（一八四五）のなかで、敵であるD大臣が「数学者で詩人なので、彼はきちんと推論するのだ」と言う。おかげで、数学者と詩人を両立させるのが、そのままミステリー小説の作家の目指すところや、作家が生み出す探偵に求められる能力となった（ハワード・ヘイクラフト『娯楽としての殺人』）。それはドイルにとっても足かせとなっていた。

そこで、ホームズは論理的な探偵として数学者の面を発揮するが、芸術家的な面も見せる。その場合でも、得意としたのは、ヴァイオリンを演奏するなどの音楽の領域であった。なにしろ音楽は芸術のなかでも数学にいちばん近い。古代ギリシアの数学者のピタゴラスとその教団は、音楽に関しても倍音の原理などを明らかにし、さらに星々の「天体の音楽」を秩序や調和をしめすモデルと考えたのである。

ところが、要素として片づけることができない「不協和音」を生み出す部分が入ってくると、ホームズの思考には邪魔となる。「赤い輪」（『挨拶』）の冒頭でも、女家主が下宿人についての相談を持ちこんでくると、別件で忙しいと撥ねつけた。些細なものと見えたことが大事件へとつながっていくのだが、当初彼女の依頼はホームズには関心がもてない邪魔なものだったのだ。

◆ ひとつずつ送られてきた真珠 ◆

メアリー・モースタンが受けとったのは「整っている（ハンサム）」みごとな真珠だった。真珠は「豚に真珠」のことわざが聖書にあるように、高貴で価値があるものの象徴とされた。そして、昔から天然真珠はアラビア海産とともにインド産が珍重されてきた。メアリーが受け取った真珠は、アグラの財宝に含まれていたので明らかにインド産であろう。ドイルも親しんだジュール・ヴェルヌの『海底二万里』（一八七〇）にも、インド洋のセイロン（現スリランカ）での真珠採りと、海底の巨大なアコヤ貝のなかの真珠の話が出てくる。

メアリーの手元には現在六個の真珠がある。「ムガール大帝」という伝説上のダイアモンドも含めて、アグラの財宝にはエメラルドやルビーやサファイアなどが含まれていたが、ドイルは真珠こそ彼女にふさわしい宝石と思ったのだ。それは目鼻立ちや肌が美人というわけでないが、「表情はすてきで可愛らしく、大きな青い瞳は珍しいほど気高く思いやりにあふれていた」とワトスンが認めたメアリーの容姿とつながっている。しかも、真珠はメアリーが巻きこまれた事件がインドと関連する物証であり、元の持ち主である藩主にまで遡ることが、そのまま事件の真相解明となるのである。

十八世紀には、「歪んだ真珠（バロッコ）」を愛でる心性から、スペインでバロックという言葉が生み出された。語源には諸説あるが、カリブ海産の真珠を選別する際に使われた「バルエッカ」という語だというのは注目すべき説である（モリー・ワーシュ『アメリカのバロック』）。古代のプリニウス以来のインドやアラビア産の正統な真珠に対して、西インドからやってきた歪んだ真珠たちである。

そして、『四つの署名』で東インドからやってきた「歪んだ真珠」こそ、真犯人であるスモールとトンガの二人組であり、整っている真珠の持ち主であるメアリーと対比されているのだ。実際には形以外にも、白だけでなく黄色や黒まで色の幅をもつ真珠のイメージは、妖艶な美少年を登場させた横溝正史の『真珠郎』（一九三六―三七）にまで届いている。

◉第三章「解決を探し求めて」（In Quest of a Solution）

【物語の流れ】


外出していたホームズは、『タイムズ』紙の過去の記事を読んできて、六年前のショルトー少佐の死と、メアリーに真珠が送られるようになった日付が一週間しか違わないことを発見した。二つの出来事には明白なつながりがあると推理する。

ホームズたち三人が、ライシアム劇場に向かう馬車のなかで、メアリーはショルトー少佐と父親は手紙のやり取りをしていて親密だったと告げる。そして、父親の札入れに入っていた一枚の図面を見せる。砦の内部の見取り図で、一角に十字の印があった。さらに「四人の記号」として十字が四つ並び、四人の名前が添えられていた。

指定された劇場の三本目の柱では、馬車の御者となる男が待っていた。ホームズたちに警察官ではないと誓わせると、男は小雨交じりの霧のなか、三人を四輪馬車で目的地も知らせずにどこかへと連れていく。

ワトスンは目的地がわからないことに不安を感じながらも、メアリーにアフガニスタンでの武勇伝を語ってみせる。その間ホームズは冷静に、過ぎていく通りや広場の名前を確認しながら、テムズ川を越えて南へ向かう馬車の行き先をたどり、あまり好ましくない場所に到着したことを指摘する。

たどり着いた二階建てのテラスハウスから、インド人の召使いが出てきて、彼らを迎えるのだった。

★ ワトスンの言葉 ★

「小さな前庭のついた二階建ての家の列が出現し、それから新築のけばけばしいレンガの建物がはてしなく並んで続いていた。これは都市が田舎へと広げつつある怪物の触手なのだ」（Then came rows of two-storied villas each with a fronting of miniature garden, and then again interminable lines of new staring brick buildings,—the monster tentacles which the giant city was throwing out into the country.）

待ち合わせ場所に指定されたライシアム劇場は、劇場が集まるロンドン市内のコヴェントガーデンにあり、社交場のひとつである。北には王立のドルリー・レーン劇場（エラリー・クイーンの『Xの悲劇』以降の四部作の探偵役の名前に他ならない）がある。ホームズたちは、きらびやかな服装の人々と灯りに満ちた中心から、テムズ川のヴォクスホール橋を渡って、南のサリー州との境に広がる新興住宅地へと連れて行かれたのだ。

かつての壁に囲まれた王宮や金融街がある「シティ」と、川向うの南側とでは、シェイクスピアの時代から大きな差があった。そうした一帯が世紀末に急速に住宅化して、工業製品のように同じ形の建物が列をなして建っていた。こうした二階建てのテラスハウスやレンガの家は明らかに新しい勢力が興ってきたことをしめしていた。

一八三〇年までのジョージ朝では、ロンドン市内のテラスハウスは中産階級が住む高級住宅だった。ところがヴィクトリア朝になると、テラスハウスとして集合煙突をもった低層二階建ての「長屋」が出現した。南ウェールズのロンザやオーストラリアのシドニーでの石炭や金の鉱山労働者のために建設された集合住宅の群れが知られる。ただし、水洗トイレが不備などの衛生管理上の問題が起きて、一八七五年の公衆衛生法以降、一階にキッチンと居間、二階には寝室が二つ、そして庭つきで、汚物は下水道に流す、という建築上のフォーマットが生まれた。ワトスンが目にしているのは、こうした新しい様式をもつ住宅の群れだった。それ以前の古い長屋に暮らすのが、動物商のシャーマン老人だった。

出発点となった上流階級の社交場である劇場街とは全く異なった光景が出現したことで、ロンドンという街の怪物的な姿が、霧にけむる薄暗い夜に浮かび上がるのだ。しかも、四百万の人口になった大都会ロンドンがスプロール化する様子が、タコのような軟体動物の触手に喩えられている。こうした田園地帯だった郊外への都市の拡張は、新旧の住民の間に不和や不安を生み出すのである。

一八九八年のH・G・ウェルズの『宇宙戦争』で、タコにも比される火星人の宇宙船が落下したのは、ロンドン郊外のサリー州のウォーキングだった。この町は市内のウォータールー駅まで鉄道で通える通勤圏にあった。三本足の機械に乗ってロンドンの中心へと侵攻する火星人は、郊外から通ってくる新興住民たちの姿も重ねられている。

ワトスンが郊外の住宅地に感じた不安が、襲ってくる火星人という怪物として表現されていた。火星人との戦いの最終的な防衛ラインはロンドンの市内だった。そして、『四つの署名』も植民地インドから逆流してきた犯罪をテムズ川で防ぐだけでなく、テムズ川の南に住むメアリーと彼女と因縁をもつインド帰りのショルトー一家の犯罪を、川の北に住む探偵たちが解決する物語だった。

◆宝物の地図と義足の男◆

メアリーがホームズたちに見せたのは、アグラ砦に宝物を埋めた場所をしめす地図である。赤い十字をつけたところに隠されていた。そして、下には四人の印となる記号と、「ジョナサン・スモール、マホメット・シン、アブドゥラ・カーン、ドスト・アクバル」の四人の名前が書かれていた。読者はここで『四つの署名（記号）』というタイトルの意味を理解する。たとえ名前がなくても、十が四つ並ぶことで記号となっているのだ。

宝をしめす地図そのものは珍しい仕掛けではない。ドイルが愛読し、ホームズ物語を献本した作家でもあるR・L・スティーヴンスンの『宝島』は、『緋色の研究』以前の一八八三年に発表されて人気を博していた。主人公のジムが手にしたのは、フリント船長が埋めた宝の地図だった。しかも、宝をねらうジョン・シルヴァーは片足を失い、松葉杖をついて歩いている。もちろんシルヴァーは、『四つの署名』で影のようにショルトー少佐につきまとう「片足が義足の男」を連想させる（オックスフォード版解説）。ドイルがお手本にしたエドガー・アラン・ポーの「黄金虫」（一八四八）では、羊皮紙に書かれた暗号文が、キッド船長の宝のありかをしめしていた。これは名探偵デュパンものではないが、宝探しとしてのミステリー小説である。

スティーヴンスンやポーの場合には宝の地図や暗号文がそのまま宝の在り処をしめしていた。ところが、『四つの署名』では、見取り図がしめす宝の場所は重要ではない。インドで隠された場所から掘り出し、イギリスへと持ち運ばれたアグラの財宝を再発見しなくてはならないのだ。つまり、メアリーを通じてホームズが手に入れた地図が鍵を握るわけではない、というトリックに、後続のミステリー作家としてのドイルの創意があったのである。

さらに、ここでは名前を見せるだけだった義足の男スモールのイメージは、『宝島』以外に、ドイルが愛読した作家メルヴィルの代表作『白鯨』（一八五一）にまで遡るかもしれない。ノルウェーの捕鯨船に船医として乗りこんだドイルにとって、ショルトー少佐を脅かした義足の男のイメージはエイハブ船長ともつながる。語り手のイシュメルが船長室で歩き回るエイハブの足音におびえるのは、後にオーロラ号が見つからずに歩き回る二階のホームズの足音が気になった、というハドスン夫人の心配ぶりに転じたのかもしれない（第九章）。ただし、ドイルがお気に入りだと公言するメルヴィル作品は、タヒチを舞台にした『タイピー』や『オムー』という「野蛮人」が登場する南洋冒険小説だった（『魔法の扉を通って』）。こちらはアンダマン諸島の先住民の導入へとつながったように思える。

◉第四章「禿げた男の話」（The Story of the Bald-Headed Man）

【物語の流れ】

家の主は、ショルトー少佐の息子のサディアスだった。背が低く、歯並びが悪く、禿げている男だったが、じつは金持ちで、案内された室内は美術館のように絵で飾られ、本人は芸術のパトロンを自認していた。心臓の病の心配をしていたが、ワトスンに診断してもらうと問題ないことが判明する。

さらに絵画自慢を始めたサディアスを遮って、メアリーは話をするようにうながした。すると、サディアスは、メアリーの父親が亡くなったこと、さらに自分の父親のショルトー少佐が、インドから運んできた宝物を隠したことを話す。

それによると、少佐は、義足の男を恐れていて、六年前にインドから来た一通の手紙を読んで容態が悪くなった。そして息子たちに、遺言として真相を話した。モースタン大尉が訪れてきたとき、心臓発作で亡くなったのだが、それをインド人の召使いに殺害したと受け取られ、発覚しないように遺体を密かに埋葬してしまった。その罪を息子たちに話し、真珠の頭飾りをメアリーに送ってくれと頼んだのである。

財宝を屋敷のどこに隠したのかを話す前に、少佐は亡くなってしまった。その後片足の男がやってきて、家中をかき回し、四人の記号のついた紙を残していった。息子たちは庭中を穴だらけにして掘ったが、財宝は見つからなかった。そこで、サディアスは、強欲なバーソロミューと別れて二階建てのこの家に引っ越してきた。サディアスがメアリーに真珠をひと粒ずつ送っていたのである。

バーソロミューがついに財宝を発見したとサディアスは告げる。屋敷に隠し部屋があって、そこに隠されていたのである。サディアスは、財宝の半分はメアリーの分け前だと断言した。そして、バーソロミューに会うために、アッパーノーウッドにあるポンディシェリ荘へとホームズたちは出かけるのだった。

★ サディアスの言葉 ★

「私はいかなるタイプの粗悪な物質主義からも本能的に退いていますし、がさつな群衆と触れ合うことなど滅多にありません」（I have a natural shrinking from all forms of rough materialism. I seldom come in contact with the rough crowd.）

インドで成功して、成金となって帰国したジョン・ショルトー少佐は、双子の息子たちに充分な財産を残した。兄と別れて暮らすサディアスは、ワトスンには三流に見える新興住宅地に建つ自分の家の内部を飾り立て「南ロンドンの砂漠にある芸術のオアシス」にしている。サディアスは水煙管を愛しているし、ゴブラン織りや東洋の花瓶などでオリエントの雰囲気を醸し出していた。

このようにサディアスは、世俗の「物質主義」や「群衆」から離れて芸術を愛でて暮らすが、これは「唯美主義者」や「高等遊民」の生活でもある。難解な事件がなくて退屈なホームズは、自室でコカインにうっとりとなって安楽椅子に座りこむ。どちらも閉ざされた世界のなかで安逸な夢を見ているのである。

しかも、それだけでなく、警察を侮蔑する態度も共通している。サディアスたちは、モースタン大尉の失踪の秘密を知った後も、警察に届けるわけではなくて、むしろ封印して避けてしまう。彼らを守っているのは、法ではなくて金の力である。だからこそ、自分が稼いだわけではないアゴラの財宝への執着もわいてくるのだ。ホームズの場合も、レストレイドなど警察の者たちの推理には想像力が欠けているとして、真の解決をするのは自分だと考えている。

郊外の新興住宅地を舞台にしたことで、外からではわからない秘密が隠されている設定になる。父親の少佐が住み、現在はバーソロミューが暮らすポンディシェリ荘も、一八五四年にクリスタルパレスが移されて公園となった隣のアッパーノーウッドにあった。

ノーウッドはロンドンの南側にあり高い場所でもある。その後、コナン・ドイル自身が、ロンドンの市内から引っ越してきて一八九一年から九四年までサウスノーウッドで暮らしたのである。この間の生活について、『回想と冒険』のなかで「いちばんの出来事は息子のキングスレーが生まれたことだ」と記している。この息子を第一次世界大戦で亡くして、ドイルの後半の人生はますます心霊主義へと傾倒することになるし、ホームズ物語が一九一四年までの設定なのもキングスレーの死と関係があるだろう。

『シャーロック・ホームズの帰還』に含まれる「ノーウッドの建築業者」（一九〇三）は、ロウアーノーウッドに材木置場の火災で殺害されたとする建築業の男をめぐる話だが、その住まいはけばけばしい家とされ、新興住宅地への揶揄が含まれていた。しかも、ドイルは、アメリカ旅行のあと、サウスノーウッドには戻らなかったのである。

◆見かけと偏見◆

ホームズは、メアリーの容貌を「魅力的」とみなしたワトスンに対して、人間を見た目で判断するなと警告した（第二章）。そして、魅力的な女性が保険金目当てで三人の子どもを殺害し、見た目が嫌な男が二十五万ポンドをロンドンに寄付した博愛主義者だった、という実例をあげる。見かけと中身が一致しないのは、サディアス・ショルトーにもあてはまる。小男で頭が禿げていて、唇がめくれて、歯も黄色いので口元を隠している人物と描写されている。当時の美的規範からすると、身体的な醜さをもつ男なのだ。

けれども、サディアスは、群衆や警察のような粗野なものを嫌悪する美の愛好者として、芸術のパトロンを自認する人物である。しかも、双子の兄で強欲なバーソロミューとは異なり、メアリーに毎年真珠を送り、さらに律儀に五十万ポンドの財宝の半分を与えようとしている善人である。バーソロミューとサディアスが外見はそっくりな双子ということが、両者の内面の違いを効果的にしめすのである。

そもそも、人間の見かけが推測を裏切るというのは、ミステリー小説の大前提である。犯人らしくない者が真犯人でなければ、読者はおもしろさを感じないだろう。表面上ではだまされないように、ホームズは些細な事柄に基づいた推理力を発揮する。観相術のような顔つきなどから判断するのではなく、手紙の筆跡という「手がかり」から、書き手のサディアスの性格を読みとっている。見かけではなくて、何よりも物的な証拠、とりわけその痕跡に秘密が隠れているというわけなのだ。

◉第五章「ポンディシェリ荘の悲劇」（The Tragedy of Pondicherry Lodge）

【物語の流れ】

サディアスに案内されて、ホームズたちはバーソロミューが住むポンディシェリ荘に到着した。そこにはボディガード兼門番のマクマードがいて、玄関の鍵を開けて出てくる。彼は元ボクサーで、サディアス以外を家に入れるのを拒んだ。

だが、ホームズは自分のことを四年前のボクシングの慈善試合で戦った相手だとわからせて、身元を確認させせる。マクマードが入れてくれた家の庭は、掘り返した穴だらけで、月光に照らされて不気味だった。

先に家に入ったサディアスが、バーソロミューの様子が変だと教える。家政婦が鍵穴から覗いたら、主人は室内で動かなくなっていた。そこでホームズたちが扉の鍵を壊して中に入ると、バーソロミューは肘掛け椅子の上で絶命していた。傍らには、棒の先に石をつけたハンマーと、「四人の印」と書かれた紙が置かれていた。サディアスが確認すると財宝はなくなっていた。

ホームズはバーソロミューの首筋にトゲが刺さっているのを発見する。そしてサディアスに、警察に届けるように命じる。サディアスは昨夜の十時にバーソロミューと別れて、鍵がかかる音を聞いて以降、何が起こったかはわからないとし、自分が容疑者となるのを恐れながら、警察へと向かった。

※　ポンディシェリとはインドの東海岸にあるフランスの植民地だった町の名でもある。

★　ワトスンの言葉　★

「ミス・モースタンと私は並んで立っていた。そして彼女の手は私の手のなかにあった」（Miss Morstan and I stood together, and her hand was in mine.）

この日の午後に初対面だったにもかかわらず、半日後には、ワトスンはメアリーの手を公然とにぎっていた。これもポンディシェリ荘がもつ怪しい雰囲気のおかげである。塀には侵入者防止のガラスの破片が並び、月の光に照らされている穴だらけの庭と、そして、血なまぐさい殺人事件を宿した屋敷があった。その道具立てにより、ワトスンとメアリーは不安感を共有することで愛情を高めたのである。

双子のショルトー兄弟は、隠された財宝に目がくらみ、他人を寄せ付けないように元プロボクサーを用心棒につけていた。またサディアスはインド人の召使いを、バーソロミューは執事以外に家政婦なども雇って生活している。それはハドスン夫人の下宿にいるホームズとワトスンの独身生活スタイルと共通する。

アグラの財宝の争奪戦のかたわらで、ワトスンがメアリーに対する自分の気持ちや様子を率直に語っているのが、他のホームズ作品にはない『四つの署名』の魅力でもある。そして、ワトスンが理想とするのは、第七章に登場するメアリーが暮らしているセシル・フォレスター夫人の玄関にステンドグラスや晴雨計のある家なのである。ノーウッドのポンディシェリ荘と同じくテムズ川の南側のロウアーカンバーウェルにありながら、家の様子は対照的なのだ。

◆密室と実験室◆

バーソロミュー・ショルトーが殺害された現場は、内側から鍵のかかった密室だった。しかも、「化学実験室」とされ、ブンゼン灯や試験管などが並んでいる。『緋色の研究』で、ワトスンは病院の実験室でホームズと出会い、ベイカー街の部屋でもホームズは化学実験をおこなっていた。この時代には、一種の化学実験ブームがあった。

閉鎖された空間内で実験をするのは、邪魔な要素を排除して、純粋な反応過程を確かめる必要があるせいだ。そのためフラスコのような装置から実験室までが作られてきた。シェリーの『フランケンシュタイン』（一八一八）の人造人間を生み出した屋根裏の実験室はもちろん、スティーヴンスンの『ジーキル博士とハイド氏』（一八八六）で、ジーキル博士が変身実験をして殺人を繰り返すために借りたロンドンの中心の秘密の部屋も役割は同じである。ドアの向こうで何かがおこなわれている実験室と密室とは深いつながりをもっている。しかも錬金術の子孫として「変容」を扱う化学の対象が、人間に向かっている。『緋色の研究』の冒頭でホームズが実験をしていたのが、血液の判別法だったように、人体へ生化学的な関心が向けられていた。もちろんそれがタイトルの「緋色＝血の色」と結びつくのである。

ホームズによる推理は「精密な科学」なので、密室という空間に関与する人間たちは要素にすぎない。自然主義を主張したフランスのエミール・ゾラは、ダーウィンの進化論とベルナールの実験医学に基づく小説群を一八七〇年に書き始め、理論として「実験小説論」を一八八〇年に出した。各種の「実験」や絵画の「習作」が大きな意味をもつようになり、その考えが人々に浸透している。絵画の習作を意味するので『緋色の習作』と訳すべきだという小林司の意見も、実験や習作が重視される時代の発想を踏まえるのならば納得がいくかもしれない。

ワトスンに、メアリーに対する非人情をなじられると、ホームズは依頼者として「一要素」として抽象化してしまうと述べる。解決をするためには、現象の本質とは関係ない不純な部分を取り除く必要がある。事件の脈絡を脱線せずにたどるためなのだが、ワトスンはホームズのようにメアリーを要素とみなすことができない。そのせいでロマンスに陥ることになるのだ。

◉第六章「シャーロック・ホームズが論証する」（Sherlock Holmes Gives a Demonstration）

【物語の流れ】

サディアスを部屋から追いやった三十分の間に、ホームズは自分の推理の証拠を手に入れようとする。そして、義足の男がロープを伝ってレンガの壁を上り下りしたこと、さらには手助けをするもうひとりが屋根から入りこんだことを突きとめる。

密室に見えたが、天井に跳ね上げ式のドアがあった。屋根裏部屋に残された足跡から、ワトスンは子どものものだと思う。ホームズは、残された足跡に瓶が割れて漏れていたクレオソートを踏んだ痕跡を見つける。そして、ワトスンはバーソロミューの死に顔から、毒殺されたと死因を特定する。

そこにジョーンズ警部と共に、サディアスが戻ってくる。部屋の窓や扉が閉まっていたことから、サディアス以外に犯人がいないと警部は考える。ホームズは、犯人はジョナサン・スモールという名の男で、彼は片足が義足で、しかも犯行に使われた凶器は毒のついたトゲだと指摘する。だが、ジョーンズ警部はホームズの説明をあざ笑い、あくまでもサディアスを犯人として逮捕するのだ。

サディアスの無実を晴らすために、ホームズは、メアリーをフォレスター夫人のところへ送った後で、動物商のところでトビーという犬を借りてきてくれ、とワトスンに依頼する。

★　ホームズの言葉　★

「すでに言ったが、ぼくの事件への推察はほぼ完了している。だが自信過剰で道を誤らないようにしないと」（My case is, as I have told you, almost complete; but we must not err on the side of over-confidence.）

ホームズは事件の全容を自分なりに頭に描き、その証拠を固めるためにバーソロミュー殺害の部屋をチェックしている。ホームズは現場で証拠を一から集めて仮説を組み立てたのではなく、メアリーの話や手紙から一種の「予断」をもって捜査をしている。死体の残された犯行現場からいきなり話が始まるわけではない。これが依頼による私立探偵がもつ有利な点である。

なによりも、ホームズとジョーンズ警部との違いが際立つ。同じ犯行現場にやってきて、サディアスから証言を聞いているにも関わらず、ジョーンズ警部は別の推理をおこなう。そして、ホームズの数々の助言を無視する。最終的には、ポンディシェリ荘にいた家政婦や召使いたち全員を容疑者として逮捕して警察署へと連行するのである。

これに対して、「自信過剰で道を誤らないように」と自戒できるのが、ホームズの優位な点となる。読者はジョーンズ警部が最終的に失敗することを知っている。警部は犯人がサディアスだと決めつけているせいか、ワトスンにもメアリーにも注目せず証言をとろうとしない。殺害があった夜の関係者ではないからだ。選択を誤ったせいで間違った方向へと進んでしまう。

ジョーンズ警部はホームズが口にした犯人の名前やヒントをせせら笑って無視する。それに対してホームズは、ゲーテの「人間は自分が理解できない相手を馬鹿にして笑うものだ」という格言をドイツ語で引用して批判した。どうやらホームズはゲーテの愛読者らしい。ドイルは大学に入る前に、オーストリアのフェルトキリヒにあるイエズス会系の学校に一年間留学してドイツ語を学んだほどである。だとするならば、ホームズが口にする誤りに関する言葉も、『ファウスト』に出てきた有名な「人間は努力するかぎり誤るものである」（Man errs as long as he strives.）という英訳を念頭に置いているのではないだろうか。

◆逮捕と黙秘の権利◆

サディアスからの連絡を受けて、たまたまノーウッドの別の事件で警察署に居合わせたジョーンズ警部がやってきた。そして前夜の十時までバーソロミューと一緒にいたサディアスを殺人容疑で逮捕する。これ以降、ホームズの役目はサディアスの無実を証明することになり、事件の依頼人が、事実上メアリーからサディアスに交代した。メアリーをフォレスター夫人の家という安全な場所に移したことで、ワトスンとホームズの二人組の冒険に物語は絞られる。

サディアスを女王陛下の名にかけて逮捕をする際に、ジョーンズ警部は「証言が不利に扱われることがある」と黙秘権を告知する。黙秘権そのものがイギリスで法的に記載されたのは一九一二年のことであった。だがその始まりは古く、一六四一年に星室庁に捕らえられたピューリタンのジョン・リルバーンが、奴隷ではなくて「自由民に生まれた権利」として黙秘で抵抗した。リルバーンはピューリタンの水平派の指導者であり、黙秘で裁判を争ったのだ。告白を暴力的に強要していた星室庁への非難の声が高まり、勃発した「大内乱（ピューリタン革命）」によって役所そのものが廃止された。

一八二九年に、ロンドン警視庁がスコットランドヤードに置かれた後、容疑者を逮捕してどのように犯罪を告白させるのかは、悩ましい問題となった。サディアスが警察に不信感を抱くのも、自由民として生まれた市民を守る権利があいまいなせいでもある。逮捕時には、弁護士への連絡もできず、自分だけで警察と向かい合うことになる。サディアスの場合も、アリバイがあったことと、ホームズという自分の無実を証明してくれる人間がいたおかげで、どうにか救われたのだ。

しかも、他ならないホームズ物語の小説こそが、逮捕の際の黙秘の権利の存在を読者に広めたのである。『緋色の研究』でも、犯人が逮捕されたときに、やはり発言が不利益になる場合があるという忠告が警察からなされる。ジョーンズ警部がサディアスに黙秘権の告知をしたのも、この先例を見習っていたのだ。

なお、アメリカの独立宣言は、他ならないリルバーンの自由民の理念を取り入れて作られた。さらに、一七九一年に成立した憲法修正第五条は、被告人の不利益にならないことを保証している。そして、「ミランダ警告」と呼ばれる逮捕の際の決まり文句は、一九六六年のアリゾナ州での裁判後に広がった（ロン・フライデル『ミランダ法』）。ミステリー小説は犯罪を扱い司法と法律とに関わるので、こうした逮捕や黙秘権の歴史とも深くつながっているのだ。

◉第七章「樽のエピソード」（The Episode of the Barrel）

【物語の流れ】

ワトスンは辻馬車で、メアリーをセシル・フォレスター夫人の家に、夜中の一時に送り届けた。その途中、愛の言葉を告げられないだけでなく、財宝を手に入れたら彼女は金持ちとなり、自分とは不釣り合いになると考えて悩む。フォレスター夫人のもとで、メアリーが女家庭教師としてよりも、家族の一員として温かく受け入れられていることをワトスンは確認する。

それからワトスンは動物商のシャーマン老人のところへと行き、雑種犬のトビーを借りてくる。ノーウッドの屋敷で、屋根裏に残されたもう一つの足跡は小さく、しかも割れた瓶から漏れたクレオソートを踏みつけたことがわかる。さらにホームズは屋根にのぼり、天桶からバーソロミュー殺害の凶器とおなじトゲの入った袋を見つける。

ワトスンとホームズは、トビーにクレオソートの臭いを追跡させる。追跡しながら、義足の男がジョナサン・スモールで、彼が刑務所に入っている間に、ショルトー少佐とモースタン大尉が財宝を横取りしたとホームズは推理を述べる。そしてスモールは復讐のために、もうひとりのインド人とやってきたのだと推理を披露する。そして、屋敷内のラル・ラオというバーソロミューの執事のインド人が手引きをしたと指摘するのだ。

臭いをかぐトビーに導かれて、ホームズたちは郊外のノーウッドからロンドン市内を目指した。そして、トビーは途中で迷いながらも、大きな材木置場にある樽にたどり着いたのだ。そこで探索は一時中断してしまった。

★　ホームズの言葉　★

「それは源となる湖まで小川をたどるようなものだね」（That was like following the brook to the parent lake.）

ドイツの思想家のジャン・パウルの名をトマス・カーライル経由で知ったワトスンに対するホームズのコメントである。ホームズはごく普通に応答しているが、『緋色の研究』では、文学や哲学の知識はゼロで、とりわけカーライルの名前も知らないことをワトスンが驚いていた。名言や警句を集めたアンソロジー本で足りることだが、ここで重要なのは、カーライルからパウルという源流まで遡って「たどる」ことの指摘である。日常的には話の脈絡に「ついていく」という意味でこの語は使用される。ホームズが自分の推理をワトスンが理解しているかを確認するときに、「フォロー」は何度も使われるのである。

小川をたどると源流につながるという連鎖は、結論から原因に遡上するホームズの推理方法と結びついている。『緋色の研究』に「一滴の水からでも、論理学者は、あれこれと見たり聞いたりせずに、大西洋やナイアガラの滝が存在する可能性を推測できるだろう」という新聞記事が引用されている（第二章）。ワトスンは笑うが、ホームズはこれに同調してわざわざ印をつけていた。

こうした連鎖を信じることこそが、科学としての推理の前提となる。『四つの署名』では、依頼の発端となるメアリーに毎年ひと粒ずつ送られてきた真珠が、頭飾りを解体したものだと判明する。この頭飾りがまさに物事の連鎖を連想させる。ひと粒の真珠が大事件へとつながっていたのだ。そしてトビーもクレオソートの臭いの連鎖をたどっているのだ。

ここで水源探しの比喩が出てきた背景には、ヨーロッパ列強による川の源流を探すアフリカ探検ブームがあった。医師で、伝道師で、探検家だったデヴィッド・リヴィングストンは、ヴィクトリア滝へ一八五五年に到達した。リヴィングストンは、アフリカ内陸のようすと奴隷貿易の実態を本国へ知らせてきた。そして三回目のナイルの水源探しの探検で一時行方不明になる。一八七一年に通信員だった探検家のヘンリー・M・スタンレーが、タンガニーカ湖でリヴィンクストンを見つけたときに言った「リヴィングストン博士とお見受けしますが」という言葉は有名となった。ドイルも『霧の国』（一九二六）

のなかで「アルジャーノン・メイリーさんとお見受けしますが」としっかりと借用している。

◆臭いのネットワーク◆

犬のトビーが鼻を利かせて追跡したのは、逃げる際に犯人の足に付着したクレオソートの臭いだった。クレオソート油は現在でも木材防腐剤に使われる。黒いタール状の物質で、日本でも線路の枕木や木の電柱に使われてきた。

一睡もせずに、ワトスンは動物商のピンチンレーン三番地からノーウッドへ、さらにそこから歩き回ることになる。トビーは建築現場のクレオソートが入った樽にたどり着いた。この追跡を通じて、ロンドン市内も建築中であることが明らかになる。トビーが迷ったように、新しい迷路や密室が生まれている。ホームズの作品世界では、ノーウッドのような郊外だけでなく、ロンドン市内も発展していた。

トビーが無能だったのではなくて、ナイツプレイスの角で迷ったときに選択を間違えたせいだった。材木置場の樽で、行き詰まりになったおかげで、選択の誤りが証明される。ホームズがトビーを叱らないのは、誤りによって正解へと近づく確率が高まるからである。ホームズは最初からすべての細部がわかっているわけではない。選択肢を一つずつ潰していくことで、正解に接近していくのだ。

それと同時に犬のトビーによる探索を通じて、ロンドンにさまざまなネットワークが張り巡らされていることがわかる。地図を中心に考えると、市内に道路が広がり、交通機関として馬車が走り、テムズ川を航行する船もある。さらに、情報伝達のための電報や手紙のネットワークが張り巡らされている。都市が交通や物流そして情報まで、さまざまなネットワークの束で出来ているとわかってくる。

臭いによる認識地図をトビーはもっていた。いわゆる地図とは異なるものだが、スティーヴンスンの

『宝島』で、島に置き去りにされたトム・ガンという男が、独自の認識地図をもつことで主人公のジムを助けたことにも通じる。表面からは見えないネットワークが存在し、犬のトビーの行動によってそれが人々の目に見えるようになる。この働きは、続いて登場するベイカー街非正規隊とも関連するのだ。

◉第八章　「ベイカー街非正規隊」（The Baker Street Irregulars）

【物語の流れ】

トビーが迷ったナイツプレイスまで戻ると、今度はクレオソートの臭気をたどって別の道を案内する。今度の行き止まりとなったのはテムズ川の船着き場で、犯人たちが船で逃げたことがわかった。近くに蒸気ランチを貸す店があった。ホームズはその女将から、蒸気ランチの名前がオーロラ号で、夜中の三時ごろに義足の男が訪ねてきたと教えてくれる。そして、煙突の色や模様などの特徴を聞き出した。

そして、下宿に戻る途中で電報を打つ。それは、『緋色の研究』でも活躍したベイカー街非正規隊を呼び寄せるためだった。警察や新聞広告を利用すると、犯人たちに動きがばれてしまうので、オーロラ号の行方を密かに探る必要があった。

馬車で戻り、下宿で朝食をとっていたホームズは、ワトスンに朝の新聞を見せる。そこにはジョーンズ警部が活躍をし、バーソロミュー殺害事件の容疑者として、サディアスと屋敷内の人間を逮捕したので、事件は早期に解決するだろうと書いてあった。

そこに、ホームズがベイカー街非正規隊と呼ぶホームレスの少年たちの一団がやってくる。彼らのリーダー格はウィギンズで、ホームズはオーロラ号の特徴を教えて、行方を追跡するように指示を出す。

彼らが去ったあと、小さな足跡を残したスモールの仲間はインド人ではないかとするワトスンの推測をホームズは否定する。そして、地名辞典を取り出して、流刑刑務所のあるアンダマン諸島の項目をワトスンにしめす。そこには小柄で獰猛な先住民の情報が載っていた。それが共犯者であるという見方をするのだ。

事件があると疲れを知らないホームズと異なり、徹夜で眠気に襲われたワトスンは、ホームズのヴァイオリンの演奏を聞きながら、メアリーの夢を見るのだった。

※非正規隊（イレギュラーズ）とは、ゲリラのように人知れず別行動をする軍隊のこと。

★　ホームズの言葉　★

「もしもこちらが興味をもっていると気づくと、すぐに彼らはカキのように口を閉ざしてしまう」（If you do, they will instantly shut up like an oyster.）

ホームズはオーロラ号の船長の妻から話を聞き出したときのテクニックをワトスンにこう解説する。無関心を装って、相手の話が重要ではないとみなす態度をとって情報を聞き出すのだ。だが、ホームズが子どもに二シリングのお金を渡したことが案外効果的だったのかもしれない。その金を後で母親が取り上げてしまうのはほぼ間違いないからだ。いきなり手にした二シリングが彼女の口を軽くしている。

蒸気ランチを借りにきたと装って、下町訛り（コックニー）の英語の愚痴を聞きながら、ホームズは少し見当はずれの情報を出して、相手に訂正させるやり方で必要な内容を手に入れる。こうして義足の男がやってきた時間、オーロラ号という船名、さらに煙突が黒地に白い筋が一本入っている特徴をつきとめる。しかも、実際に捜索するのは、ロンドン市内で目立たないベイカー街非正規隊なのである。

これはホームズが探偵活動のために、社会階層を移動するなかで身につけた方法でもある。元々ホームズは、地方の郷士の子孫であり、ヴァイオリンのストラディバリウスを演奏し、絵画などにも造詣が深い。ホームズの依頼人の多くも「育ちの良い」人々である。今回のメアリー・モースタンも、女家庭教師として、きちんとした身なりをしていた。だからこそハドスン夫人は取り次いだのだ。そして、ベイカー街非正規隊の乱入に文句を言ったのも、下宿に相応しくない連中に思えたからだ。それにもかかわらず、ホームズはサディアスみたいに世間から距離を置かずに、世俗にも通じている。

ホームズは探偵業をやる上で、あらゆる階層と付き合わなくてはならないので、下町訛りのコックニーも巧みに喋る。これがドイルのミステリーの魅力となっている。ディケンズの小説などと同じく、社会階層を上から下まで描くことで、ロンドンとその周辺の世界が浮かび上がってくるのだ。

『四つの署名』でも、郊外の新興住宅地の成金から、動物商や貸し船屋の下層の人々まで幅広く扱われる。「独身貴族」（『冒険』）でホームズは貴族から魚屋や乗船税関監視官まで、さまざまな人々と手紙のやり取りをしていた。これはドイル自身が、あらゆる病気を診断する田舎医者として、八年間サウスシーで働いた経験が役に立っている。ホームズのもとに患者のように依頼人が来て、ホームズ自身が市内のあちこちに往診するように移動することで、ロンドンの多面性が紹介されるのである。

◆新聞記事とホームズ◆

ホームズが朝食に出たハムエッグを食べ終えて、コーヒーとともに広げた『スタンダード』紙には、ジョーンズ警部の活躍を讃える「アッパーノーウッドの怪事件」という記事が掲載されていた。バーソロミュー殺害事件が、ジョーンズの手柄で解決に向かうと書かれている。しかも、記事の最後には、警察の地方分権への問題提起がなされていた。これはロンドン警視庁が全国の難事件も同時に扱うせいで大変なので、地方に優秀な人材を配置しておくと、事件の解決につながるという意見だった。ロンドン警視庁の優秀な警部として、ジョーンズの名前があがっていた。

ところが、サディアスのアリバイが立証され、捜査が行き詰まったという訂正記事が次の第九章で出てしまう。当時のニュース媒体は新聞が主であり、週刊や月刊の雑誌はその速さに追いつくことはできなかった。それだけに、さまざまな玉石混交の情報が掲載されている。当然ながらでたらめな記事もたくさんあった。そして、新聞上のスキャンダル記事によって政敵などを陥れるのも盛んだった。

たとえば、アイルランド独立運動の闘士だったチャールズ・パーネルも、殺人事件への関与を『タイムズ』紙にでっちあげられ、これは無実だと判明した。次に不倫スキャンダルを書き立てられたことによって、アイルランド議会党の党首の地位から失脚した。パーネルの親友でやはり議会党に所属する議員だったT・P・ギルが、『四つの署名』につながった『リピンコッツ』誌のパーティに顔を出していたとドイルは回想する（『回想と冒険』）。ギルはその後アイルランドの農業関係の大臣などを歴任した政治家である。一八九八年の八月の「黄金の夜」にはドイルだけでなく、ギル議員にオスカー・ワイルドとアイルランド系知識人が三人集まっていた。しかもワイルドが、後に一八九五年の「同性愛裁判」によって、新聞のスキャンダル記事の餌食となったのは広く知られている。

『四つの署名』でも新聞はさまざまな働きをする。サディアスが匿名のままメアリーの住所を知ったのも、新聞の尋ね人などの「私事広告欄」のおかげだ。また、真犯人を呼び出すのに新聞を利用するのは、ポーがすでに「モルグ街の殺人」でおこなっていて、『緋色の研究』でも使われた。そして、「赤毛組合」のように社会を騒がせた風変わりな募集広告も掲載される作品もある。

ワトスンは、波止場の管理人にオーロラ号の行方に関する情報提供の広告を新聞に出そうと提案するが、ホームズは犯人たちに追われていると感づかれるからと却下する。ここでも、「無関心を装う」ことが相手を安心させるうまいやり方なのだ。そして、ホームズがオーロラ号の行方の情報提供の広告を『スタンダード』紙に出すのだが、その際には、夫の身を案じる貸し舟屋の女将の代理人を装うのである。

ホームズは新聞というメディアの性質を熟知し、うまく利用している。だが『四つの署名』でも、ホームズの働きで真犯人を逮捕して、新聞記事を飾るのはジョーンズ警部なのだ。ホームズ物語を通じて、本の読者は新聞記事には書かれない裏の物語を知り、警察を上回る名探偵ホームズの能力を確認するのである。そして、平凡な事件の裏に、新聞記事の読者には知りえない真実があると知り快感を得るのだ。これは青山剛昌原作のマンガ『名探偵コナン』に至るまで好まれている構図にほかならない。

◉第九章　「連鎖が途切れる」（A Break in the Chain）

【物語の流れ】

ワトスンが目をさますと、ホームズは新しい情報は届いてないと告げる。そこで、ワトスンはセシル・フォレスター夫人の屋敷に出かけて、事件の概要を語って聞かせることにする。もちろん、メアリーに会うのが目的だったが、訪問すると、彼女は自分が得るかもしれない財宝よりも、サディアスの身を案じていた。その態度にワトスンはますます好意を抱く。

トビーを動物商に返して戻ってくると、ホームズのようすがおかしいとハドスン夫人が心配している。オーロラ号が見つからないことにいらついていたのだ。結局何日も手がかりが見つからず、ホームズは憂さ晴らしのように夜中に化学実験をしていた。

ついにホームズはワトスンに留守を託して、船員服を着て出かけた。新聞ではジョーンズ警部の推理がはずれて、サディアスが釈放されたとある。さらに、ホームズが出したオーロラ号の行方を尋ねる広告が出ていた。

ジョーンズ警部が電報でベイカー街に呼び出されてきた。サディアスには完璧なアリバイがあり、自分の失敗を認めて、警部はホームズを評価するように態度が変わっていた。そこに海員服姿の老人が訪れてきて、オーロラ号の行方を知っていると話すのだ。

それは変装したホームズだった。ホームズは真犯人がオーロラ号で逃げるところを追い詰めたいとして、警察の高速の蒸気ランチを回してくれるようにジョーンズ警部に頼む。さらにカキとライチョウの料理を自ら作って、ご馳走するとジョーンズ警部とワトスンを誘うのだ。

★ホームズの言葉★

「女性というやつは全面的には信頼できない」（Women are never to be entirely trusted.）

セシル・フォレスター夫人とメアリーに事件の報告に行く、とワトスンがホームズに告げると、それを聞いたホームズが揶揄する言葉である。ワトスンは偏見だとして退ける。ホームズが女嫌いなのは、メアリーの依頼を受けた時点で、ワトスンが「非人情」と判断したことからもわかる。しかも『四つの署名』の最後で、結婚しない理由は自分の判断を偏らせないためだ、とホームズは告白する。

ワトスンはメアリーが結婚して家庭内にいるべき女性とみなしている。セシル・フォレスター夫人の家に、「平穏なイギリス家庭」を見届けていた。そして、ワトスンはメアリーを家庭の天使のようにみなすことで、外の野蛮な世界とはかけ離れた家のなかに置こうとしている。

こうしたワトスンとホームズの女性観の違いは、二人がミステリーや冒険を続ける上での障害となる。十九世紀末には、男たちだけの集団のほうが優れているように思えた。そのため、ドイルは、『シャーロック・ホームズの冒険』より後続の作品では、ときには時間を遡らせてでも、ワトスンを結婚生活や診療所から連れ戻して、ホームズと同居させるしかなかった。

それを予兆しているのが、次の十章にかけて繰り広げられる晩餐である。ホームズがカキとライチョウを料理して、ワトスンとジョーンズ警部との三人で食卓をかこむ。手がかりの連鎖の中断（ブレイク）が、ホームズの変装した聞き込みでつながったとともに、つかの間の休憩（ブレイク）ともなっている。

食卓でホームズが話題にしたのは、世俗とは無縁の中世の演劇や楽器のストラディバリウスや未来の軍艦などだった。仕事を離れると太ったジョーンズ警部がなかなかの食通で社交的な人物だとワトスンは判断している。この晩餐はハドスン夫人すら必要ない男たちだけの集まりで、「サベジ・クラブ」など現在もロンドンに存在する女人禁制の社交クラブを連想させる。三人が男どうしの連帯を確認した後、真犯人を蒸気船ランチで追跡する冒険が待っているのだ。

◆ 変装するホームズ ◆

ホームズは出かけるときに船員服を着ていたが、帰ってきたときには船員服の老人に扮装していた。正体に驚いたジョーンズ警部は、役者として週十ポンドで雇ってもらえると褒めるのだ。ホームズは、変装するようになったのは犯罪者連中に顔が知られるようになったからだ、と言い訳をしている。とりわけワトスンが物語として活躍を紹介しているので、正体を偽る必要がでてきたわけだ。しかも、ホームズが復活したことで知られる「空き家の事件」でも、ワトスンと再会するときに、やはり老人に変装していた。

変装するホームズは、ホームズ物語がもつ演劇らしさを体現している。ドイルは劇も書いた。なかでも『ウォータールー（ワーテルロー）』（一八九四）は、かつてウォータールーを戦って老いた伍長の役を当代の名優ヘンリー・アーヴィングが演じて人気を博した。サディアスが待ち合わせ場所に指定したライシアム劇場で初演されたのだが、このときアーヴィングの秘書を務めていたのが『ドラキュラ』（一八九八）を書くことになるブラム・ストーカーだった。他にもドイルはホームズ劇などを含めて劇を多数書いている。

アガサ・クリスティもミステリー劇を得意とした。なかでも『ねずみとり』は、好評となり一九五二年以来記録的なロングランを続けている。また、エラリー・クイーンがバーナード・ロス名義で、『X

の悲劇』（一九三二）からはじまる四部作で元シェイクスピア役者のドルリー・レーンを主人公にしたのにも、やはりそれなりの理由がある。

　演劇では役者が別人のキャラクターを演じるわけで、人間の見かけと本質とにずれがある、という点でミステリーと親和性をもつのだ。しかも『四つの署名』で、ホームズが老人に変装して外観を偽ったのは、探していたオーロラ号が偽装して見つからなかったこととイメージが重なる。船が変装するなら、探偵も変装しなくてはならないわけで、ドイルは、論理や因果関係だけでなく、複数のイメージを重ね合わせて物語を組み立てている。これを味わうのもホームズ物語を読む楽しみなのである。

◉第十章「島民の最期」（The End of the Islander）

【物語の流れ】

　事件のことには触れずに、ホームズたちは晩餐を終える。そして、ホームズもワトスンもピストルを携帯して、ジェームズ警部が電話で呼び寄せておいた警察の蒸気ランチに乗りこんだ。追跡のために警察の印である緑のランプを外してしまう。

　ウェストミンスター栈橋からロンドン塔まで進み、そこにあるジェイコブスン造船所を見張ることにした。ホームズはスモールの考えを察知し、高跳びをするために二日間鳴りを潜めて警察の様子を探り、さらにオーロラ号を改装して目をくらましていた事実を突き止めていた。

　オーロラ号が造船所から出てきたあと、テムズ川での夜間の追跡が始まる。高速の警察のランチは船尾に接近していった。すると甲板にいた義足のスモールの傍らに小さな人影が見えた。それはトンガで、吹き矢で攻撃をしかけてきた。ホームズとワトスンはピストルを同時に発射して倒してしまう。トンガはテムズ川のなかに落ちて消えてしまった。

逃げようとしてオーロラ号の舵を切ったスモールは、船から飛び降りたが、足が砂にはまって逮捕されてしまった。財宝が入っている鉄の宝箱は甲板で見つかったのだ。そして、幸運にもトンガの毒矢が外れたことをホームズたちは笑い合うのだった。

★ ホームズの言葉 ★

「たとえば、誰かがどんなことをするのかは予測できないが、平均的な人間がどこまでやるのかは正確に言えるのだ」（You can, for example, never foretell what any one man will do, but you can say with precision what an average number will be up to.）
見張っていたジェイコブスン造船所から出てきた労働者たちを見て、ホームズが漏らす言葉のひとつである。個々人は見かけだけではわからないと強調され、予断をもってはいけないとする。だが、集団となると話は別で、正確に予見できるのだとみなす。統計学に基づく個人と集団の関係についての新しい考えを、ホームズは踏まえている。
ホームズは統計学者の説だとしているが、旅行作家で歴史家でもあるウィリアム・ウィンウッド・リードの『人間の苦難』（一八七二）の一節からの着想とされる（詳注版の註）。すでに『四つの署名』の第二章で、メアリーへの思いに悩むワトスンに、ホームズが読むようにとこの本を渡していた。ただし、ワトスンは本の内容が頭に入らずに、代わりに最新の病理学の論文に目を向けてはみたが、それも上の空の状態で読めなかったのだ。

リードの『人間の苦難』は、「戦争」「宗教」「自由」「知性」の四つの章からなり、それぞれの起源と展開を扱った大著である。ダーウィンの『種の起源』のインパクトを受けて、かつて旅行記に書いた西アフリカなどを再訪して、人類史に思いをはせた本である。やはり西アフリカへ船医として向かったドイルが共感したとしても不思議ではない。リードの「自由」の章では、アフリカでの奴隷交易の実態や南北戦争後のアメリカでの黒人問題を扱っていた。また、「知性」では人間の知性の発達を星雲説に基づいた地球の誕生から人間の進化までを語っている。

ホームズの言葉が当てはまるのは「宗教」の章である。自然や宇宙にルールがあり、物理的世界とモラルの世界の双方に日の出と日の入りと同じく不変のルールがある、とリードは主張した。これは「比例式」を持ち出し、個人を「要素」だとみなすことで、ある出来事が集団において発生する確率の高さから科学的に事件を解決するホームズにふさわしい考えである。ホームズは、個人の気まぐれなどではなく、集団のなかで決定されている行動パターンに関心をもつ。ホームズ物語は、フランシス・ゴールトンなどの手によって統計に基づいた集団の管理の学問が、イギリスで発達した時期と重なるのである（竹内啓『歴史と統計学』）。

◆武器を使用するホームズとワトスン◆

『四つの署名』でも門番の元プロボクサーとボクシングをした話が出てくるし、モリアーティ教授といっしょに滝に落下したときも日本の武術のバリツで助かったとされる（「空き家の冒険」）。こうした格闘技のイメージが強いせいか、ホームズが武器を使用することは意外かもしれない。ここに知的な安楽椅子探偵とは異なった活動的な探偵としてのホームズの姿がある。変装をするだけでなく、このように実際的な行動をとるのは、三十四歳という推定年齢からするとそれほど不思議でもない。

そして武器としてステッキを持ち歩くだけだったワトスンに、今回はホームズが銃の携帯を促した。すでに『緋色の研究』で、戦場からピストルと弾を持ち帰っていて、必要があれば使用するとワトスン本人は述べていた。ワトスンは、馬車でサディアスの屋敷に連れられていった間に、メアリーに武勇伝として、アフガニスタン戦争で夜中にテントにやってきた「マスケット銃」に対して、二連発の「虎の子」を発射したなどと、言葉を入れ違えた話をした。この言い間違いは興奮のせいだったのだが、戦場を体験してきたワトスンは、ホームズと同じく市内での武器の使用をためらうことはない。

彼らは「野蛮人」であるトンガをピストルで射ち殺すのである。ただし、ワトスンとホームズのどちらの弾があたったのか、それとも両方だったのかは、死体が川に落ちたので明確ではない。これは殺害したことへの心理的な負担を減らす措置だろう。それに、矢筒で毒矢を放つ攻撃を仕掛けてきたトンガへの正当防衛としての殺人なのである。いずれにせよ、ホームズたちのピストルのせいで「私たちの海岸にたどり着いた奇妙な訪問者の骨が、テムズの川底の泥のどこかに横たわっている」のである。ここではテムズ川が、外国の異質な者の侵入を防ぐ防衛線であり、なおかつ埋葬する墓地となっているのだ。

◉第十一章　「アグラの大財宝」（The Great Agra Treasure）

【物語の流れ】

逮捕されたジョナサン・スモールは、バーソロミューを殺害したのはトンガで自分は関与していないと述べる。ホームズは、毒矢が回るのが早くて手遅れになったと証明してやろうと声をかけて、スモールから証言を得ようとする。そして、自分たちはブラジルのエスメラルダ行きの船に乗りこもうとしていたが、オーロラ号の船長たちは事情を何も知らないとスモールは断言する。さらにアグラの財宝と関わるようになったのが、身の不運だと嘆く。アンダマンでも囚人として暮らし、この後もイギリスの刑務所で暮らすことが確定しているからだ。

ホームズたちは、手に入れた鉄の宝箱の鍵を求めるが、スモールはテムズ川に捨てたと言う。そして、ジョーンズ警部の寛大な処置で、相続の権利をもつメアリーのところで箱を開けるために、ワトスンは巡査とともにセシル・フォレスター夫人のところへと向かう。そしてアグラの大財宝を入れた鍵のない箱を前にして、手に入れるまでのテムズ川での冒険の話などをメアリーに聞かせるのだ。メアリーはその話でますますワトスンに惹かれたが、ワトスンは鍵がないので、ようやく火かき棒で箱をこじ開けたのだ。だが、そのなかは空っぽだった。ワトスンは思わず神への感謝を口にする。不審に思ったメアリーに、彼女が財産をもたない女性となったので、安心してプロポーズを口にできると言った。そして、メアリーもワトスンの求婚を受け入れるのだった。

★　ワトスンの言葉　★

「ありがたい」と私は心の底から声をほとばしらせた。（"Thank God!" I ejaculated from my very heart.）

「神に感謝します」という意味のありふれた言葉がここでは効果的に使われている。これは、こじ開けた箱のなかにアゴラの財宝はなく、ミス・モースタンが貰うべき二十五万ポンドが存在しないのを確認したときにワトスンが発した。

メアリーが無一文となったせいで、年金暮らしの退役軍医でしかない自分が求婚する資格を得たと考えたのである。ワトスンの態度を不審に思った彼女に説明をすると納得し、次にワトスンの求婚を受け入れて、お互いに「神に感謝します」と言葉を交わす。これにより、ワトスンが戦場で受けた身体的な傷ではなくて、心理的な傷がようやく癒えたのである。

ワトスン自身のロマンスが前面に出たことは、前回の『緋色の研究』にロマンスの味つけをして推理の科学性を台無しにした、と非難したホームズへの最大級の皮肉となっている。語り手で相棒であるワトスンと、依頼人のメアリーの間の恋と結婚である以上、『四つの署名』を語るときに、ホームズの活躍やトリックや推理の説明だけで済むはずはなかった。

◆　空の宝箱　◆

ファンタジーや神話において、英雄が冒険後に手にする報酬は、財宝か、姫君か、あるいは両方である。今回ワトスンが「手に入れた」メアリー・モースタンという女性は、退役軍医には高値の花の姫君だった。しかも、メアリーが二十五万ポンドの財宝を失うことと引き換えだった。財宝はスモールの手によってテムズ川の底に散らばり、ホームズたちは空の箱を追いかけたことになる。この結末に報奨金目当ての警察官たちは失望する。そして、アゴラの財宝のうちメアリーが手にしたのは、サディアスから送られた六つの真珠だけだった。

そもそもメアリーの父親であるモースタン大尉が宿泊したホテルの部屋が空だったことから『四つの署名』は始まっていた。メアリーの父親のモースタン大尉の遺体がどこに埋められたのかが気になる。サディアスから聞いたのは、大尉が心臓発作で亡くなったあと、状況証拠から殺人と勘違いした召使いのラル・チャウダーの助けを借りたショルトー少佐によって、その夜のうちに遺体は始末されたということだ。人知れず遺体を隠せる場所といえば、ポンディシェリ荘の庭かテムズ川くらいだろうか。けれども遺体のありかは特定されずに終わってしまう。

モースタン大尉の失踪と死は、小説の後半においてほとんど関心が向けられなくなる。ショルトー少佐が死の間際に告白したように、純粋な事故だったのか、ひょっとすると殺人だったのかをホームズがチェックすることはない。ましてや裏づけのためにロンドン警視庁が遺体を探すとか、掘り返すこともないのだ。なぜか娘のメアリーもそれ以上の捜査を強く求めないのである。物語の導入としての役割を終えるとこの件は忘却されてしまった。

後半の推理から冒険へと向かいロンドン市内で宝箱の行方を追いかけるのは、ストーカーの『ドラキュラ』とも重なる。トランシルヴァニアから運ばれてきた伯爵の入った棺の行方として扱われていた。空の棺に見えるが、それは伯爵のねぐらだった。そして、重要なのは箱の中身よりも、それがどこに運ばれたのかの追跡だった。こうした構造をドイルと顔見知りだったストーカーがそのまま借用した可能性は高い。

◉第十二章　「ジョナサン・スモールの奇怪な話」(The Strange Story of Jonathan Small)

【物語の流れ】

箱が空だったことをワトスンがホームズとジョーンズに示すと、スモールはテムズ川に財宝を捨てたことを白状する。そして、ショルトー少佐の後継者たちのものになるくらいなら、捨てたほうがマシだと主張する。本来の所有者であることを示すのが残してきた四人の記号の印なのだという。そして、手錠をかけられると、ホームズに促されて、スモールは自分の過去を話し始める。

スモールはウスター州の生まれで、軍隊に入るとインドに向かったのだが、訓練の水泳中にワニに右足を食べられてしまい義足となった。そこで退役をして、ホワイトという藍栽培の農家のところでしばらく平穏に働いていた。ところがインド大反乱が起きて、ホワイトたちは殺されてしまい、逃げ出してしまった。

スモールはアゴラの砦に逃げこみ、セポイたちと戦うことになった。その折部下となったシーク教徒から耳寄りの話を聞く。それは反乱に怯えた藩主が、自分の財宝を隠すために、ある男に密かに鉄の箱に入れて運ばせてくるという内容だった。その男を殺して奪い取る計画がたてられる。

その男をシーク教徒たちが殺し、四人は財宝を砦のなかに隠した。そのときにスモールはそれぞれに見取り図と四人の記号と署名を書いたものを作ったのだ。だが、商人殺しが発覚し、スモールたちが下手人とされ、四人はアグラから離れたアンダマン諸島の刑務所のあるブレア島へと移された。

その刑務所で出会ったのが、ショルトー少佐とモースタン大尉だった。金を賭けたトランプでの負けがこんでいる二人に、脱出の手助けをしてくれる条件で、山分けをする儲け話としてアゴラの財宝のことを話す。だが、計画途中で、ショルトー少佐が財宝を独り占めしてしまった。それを取り戻すためにモースタン大尉もイギリスまで追いかけたのだ。

スモールは、復讐のために島を抜け出す計画をたてる。懐いた原住民のトンガの助けをかりて、カヌーを運ばせ、歩哨を義足で殴って逃げ出した。途中で巡礼にまぎれこんだりしながら、イギリスにたどり着いた。まず、ショルトー少佐のところに行くと、事切れたところだったので、四人の記号を走り書きで残しておいた。

バーソロミュー殺害は、宝を奪うために潜入したときに不在のはずだったが、居合わせたのでトンガが毒矢で殺してしまった。そして宝石を手に入れた証として、四人の印を書いた紙を置いてきたのだ。ホームズたちが高速ランチで追いかけてきたので、逃げ出すのに失敗したのである。最後にトンガが攻撃できたのは、毒矢が筒のなかに一本残っていたからだと説明して、ホームズは納得する。

スモールが連行されていった後で、ワトスンがメアリーと結婚し、同居生活を解消することになることが示されて終わる。

★　ホームズの言葉　★

「ぼくには、まだコカインの瓶が残っているのさ」（“For me,” said Sherlock Holmes, “there still remains the cocaine-bottle.”）

ワトスンが自分はメアリーという妻を、ジョーンズ警部は犯人逮捕を含めた名誉を得たと述べたことへのホームズの返答で、『四つの署名』の最後の台詞でもある。そして瓶に手を伸ばすところで終わる。

『四つの署名』の冒頭と比べると、コカインの意味あいが変わっている。冒頭では、解決に値する難解な事件がない空虚さを埋めるものだったが、ここではメアリー・モートンという女性によって、ワトスンというルームメイトを失う喪失感を紛らわせる手段とみなされている。コカインの役割が変化したことで、世紀末の時代にホームズが感じている「倦怠」と「空虚さ」の正体が露わになる。犯人逮捕と犯行原因が明らかになったあとでは、ホームズにとってなおさら退屈な日常生活が続くのだ。『四つの署名』を読むことで、よりコカインに依存するようになったホームズの姿を見ることになる。

◆犯人側からの真相の告白◆

『緋色の研究』では、犯人が逮捕されて、犯人側が真相を語る部分を後半にあてていた。第一部がロンドンでのホームズの推理であり、第二部で舞台をアメリカに移しての犯人の動機と殺害トリックが明らかになった。『四つの署名』では、犯人のジョナサン・スモールが最終章で長々と真相を語る。分量は別にして、こうしたフォーマットは、現在のテレビの二時間ドラマまで続いている定式なのである。

ホームズが謎を解明するだけでなくて、犯人側からの証言により、探偵の推理の正当性が確かめられる。ホームズは推理を「科学」と呼びながらも、最終的には犯人側からの「告白」による証明を必要としている。そして、犯人の告白を、探偵とともに読者が聞くことで、加害者の立場から犯罪に至る必然性を確かめることになる。どうやら殺人事件は、偶発的に起きた交通事故のように、原因と結果の関係をたどるだけでは済まないのだ。

犯人は罪を「告解」することで自分の魂が浄化されたと思いたがる。第四章で、ショルトー少佐は死の間際に、カトリックの七つの大罪のひとつである「呪われた貪欲」の罪を息子たちに告白し、罪滅ぼしにメアリーに財宝を分けてくれと懇願した。また、第十二章のスモールも、復讐に至った罪を告白しながら、バーソロミューを殺そうとしたわけではなくて、アンダマン島の原住民トンガの先走りだったと責任を回避し、直接の下手人ではないと語る。こうして読者は、犯罪者も人の子であると知り、さらに白人のスモールの罪がひとつ軽くなったことに安堵するのだ。

犯人による罪の告白によって終わるのは、幼少時にイエズス会のカトリックの環境で育ち、イエズス会系のドイツの学校にまで留学したドイルには大切なことだったのかもしれない。しだいに懐疑論者となって、カトリックの信仰からは離れたが、こうして影響が残っているのだろう。このあたりが、モダニズム文学者のなかでも、カトリックに帰依したT・S・エリオットや、カトリックの信仰のなかで育ったジェイムズ・ジョイスといった熱心なホームズファンを生んだ一因なのかもしれない。

第❷部　四つの記号を読む

※『四つの署名』からの引用箇所などは章で示している。

【『四つの署名』と四つの記号】

『四つの署名』のなかで、タイトルにもなったアグラの財宝が四人の所有物であるとする「四人の印」は、何度も登場する。もちろん、最初に目にするのは、メアリーがホームズとワトスンに見せた父親の残した一枚の見取り図に描かれていた十字を四つ連ねた記号と四人の署名だった（第三章）。

その後この記号を「四人の印」という言葉で代用しているのだ。サディアスの話では、父親のショルトー少佐の遺体のそばに侵入者によって紙が置かれて、そこには「四人の印」と書かれていた（第四章）。次に、バーソロミュー殺害の現場で、これも「四人の印」と書かれた紙をホームズたちは目にする（第五章）。このあたりはスティーヴンスンの『宝島』での死の予告である「黒丸」を思わせる（オックスフォード版解説）。ただし、黒丸はまさに印だったが、こちらは言葉だった。

最後に、スモールの告白によって、メアリーの持っていた見取り図がアゴラ砦での財宝の隠し場所と四人のものである印だと解明され、ショルトー少佐やバーソロミューの死体のそばにスモールの書いた紙が置かれたことがわかる（第十二章）。ひとつの記号の背景が読解されていくのが、そのまま『四つの署名』のストーリーとなっている。

ドイルが象徴的な表現である「四人の印（記号）」を採用した理由を知るには、第七章の「樽のエピソード」でトマス・カーライルの名前が出てきたことが手がかりとなるかもしれない。ここから連想されるのは、カーライルが一八二九年に発表した「時代の印」（Signs of the Times）というタイトルとその文章である。「現代はメカニカルな時代だ」という言葉で知られ、機械時代の風潮への警告を放っていた。これは『四つの署名』で「オートマタ（自動機械）」とか「計算機械」とワトスンがホームズのことを批難する（第二章）のとつながっている。

しかも、カーライルのタイトルも、『マタイによる福音書』第十六章でのイエスの言葉からの借用なのである。天のしるしがほしいとねだる人々に、イエスは夕焼けから明日は晴れだとわかるだろうと告げる。そして、「あなたがたは空の模様を見分けることを知りながら、時のしるしを見分けることができないのか」（口語訳聖書）とまるでワトスンに向かってホームズが叱るような言葉が書かれていた。

【カーライルとゲーテ】

ホームズ物語において、カーライルは少し特別な存在である。『緋色の研究』で、ホームズが文学や思想哲学に関する知識をもっていない、とチェックされるきっかけとなったのが、カーライルの名前だった。けれども、すぐ後でカーライルの有名な警句（「天才とは延々と骨を折ることができる能力のことだ」）をホームズが引用しているので、ワトスンに対して無知を装ったにすぎない、とシャーロキアンたちは擁護する。ひょっとして、カーライルの引用に気づいたかどうかは、ドイルによるスノッブな読者への挑戦状なのかもしれない。その矛盾に気づいた者だけがにやりと笑える、というイギリス式のジョークの可能性さえある。

このように、ある「記号＝文字列」を表面的にではなく読めるのかが、その後の推理の行方を左右する。『緋色の研究』では、殺人現場の壁に残された血文字の「ＲＡＣＨＥ」の解釈をめぐって表面的な読みと深層を探る読みのズレがおきた。レストレイド警部は「レイチェル」という女性名を連想するが、ホームズはドイツ語で「復讐」の意味だと指摘する。解釈者がもつ知識や置かれた文脈によって解釈そのものが変わってくる。この場合、レストレイド警部とホームズの違いを生み出したのは、知識と推理力の差だった。オックスフォード版の註によると、作品全体が聖書の「ラケル（レイチェル）」の物語を下敷きにしているので、レストレイド警部の指摘も間違いではないと最終的にわかる。つまり、ここでの「ＲＡＣＨＥ」という記号は、「復讐」と「レイチェル」の二重の意味を担っていたのだ。

しかも、翻訳だとわかりにくいのだが、『緋色の研究』は謎解きが完了しても閉じずに、ホラティウスのラテン語の詩の一節からの引用で終わる。ポーの「モルグ街の殺人」がフランス語で終わったのを真似たのかもしれない。だが、学校でのラテン語の授業をさぼっていたとか、引用語辞典を調べない読者には、意味をもたない記号列であり、単なる権威づけや目くらましに思えただろう。それは読者が無知なレストレイド警部やワトスンと同じレヴェルだと告げられるのに等しいのである。カーライルの引用や当てこすりは、ドイルが想定していた「ゲーム」を共有している読者には了解できたはずである。

『四つの署名』では、ホームズが引用しようとしたジャン・パウルを知ったのはカーライルを通じてだとワトスンが応じると、源流を遡ったのだとホームズは理解をしめした（第七章）。どうやら、ホームズは両者のつながりまでよく知っているようだ。もとより、カーライルという現代の英雄論を書いたスコットランド出身の評論家を、作者であるドイルが無視するはずもなかった。『魔法の扉を通って』で紹介し、自伝的な書簡体小説の『スターク・マンロー書簡集』や『デュエット』でも名前をあげたお気に入りの評論家である。

そして『四つの署名』の第六章で、ホームズはジョーンズ警部の軽薄な推理に、無能な者は「自分には理解できないものを嘲るものだ」とゲーテの言葉をドイツ語で引用する。つまり『緋色の研究』でドイツ語が理解できなかったレストレイド警部の同僚であるジョーンズ警部の理解力には届かない非難となっている。このあたりの「上から目線」のホームズの態度がもちろんジョーンズ警部たちを怒らせる原因なのだ。医学博士をとったワトスンは、ドイルと同じく当時の医学の先端を走るドイツの言語が理解できるのだろう。しかも、ゲーテとカーライルとは往復書簡集が出版されるほど、頻繁に手紙のやり取りをする関係で、そもそもカーライルはゲーテの翻訳者でもあった。図らずも『四つの署名』のなかで二人は出会っているのだ。

【四つの記号群】

『四つの署名』で、「四人の印」は財宝の所有者(といっても隠そうとした藩主(ラジャ)から略奪したわけだが)の印であり、さらにそれを言葉で代用したものだった。

しかも、こうした「印＝記号」の読解の重要性は第一章で示されていた。ホームズはさまざまな記号を読むことで、ワトスンの時計から持ち主だった兄の経済状態を推測するのだ。手がかりのひとつが、時計の内蓋に刻まれた質草の番号だった。それは、質屋には意味のある記号だが、一般の人間には意味をなさない。だが、ホームズは四回刻まれた印からワトスンの兄の経済状態を推測した。さらに時計の外についた凹みや、貨幣や鍵といっしょに携帯したためについたかすり傷といった痕跡から、兄のだらしない性格を読みとる。そしてネジ周辺の傷から酒に溺れていた過去を見つける。意図的につけられたわけではない記号の群さえもが、ホームズにとり読解の手がかりとなるのである。

トンガをワトスンが考えるような「インド人」ではないとホームズがみなしたのも、使用された武器の「印＝記号」を読んだせいだった(第八章)。ホームズはそこから地名辞典へと飛んで、真犯人はアンダマン諸島の先住民であると結論づける。しかも、背が低いとして「アフリカのブッシュマン」「アメリカのディッガー・インディアン」「南米のフエゴ諸島民」と並べた。こうした周辺の情報と結びつけることで、相手の姿を直接見ないうちから正体を把握していると思いこむのだ。もちろん、こうした推論が偏見を生み出す原因ともなる。

このように、『四つの署名』は、さまざまな記号とその連鎖に満ちている。ストーリーの骨格として、ホームズとワトスンによる謎解きがあるのは間違いないが、その周辺に他の事柄がどのような痕跡を残しているのかをここでは読み取っていきたい。そうした記号群をたどると、『四つの署名』が他の情報と結びつきながら、テクストとしての広がりや厚みをもってきたことが実感できる。これがおそらく『四つの署名』が再読に耐えて古典となった理由である。

「四人の記号」にあやかって、とりあえず四つの記号としての言葉すなわち「インド」「探索」「ロマンス」「症例」にまつわる記号群を探ってみる。もちろん、それ以外にも多くの要素がこの短く濃縮された作品に詰まっているが、この四つを見ていくだけでも、ストーリーを追った謎解きだけではない魅力をもった作品だとわかるはずである。

第3章　第一の記号——「インド」と大英帝国の拡張

この章では、「インド」とそれに連なる記号群を扱う。ワトスンがインド帰りであり、インド大反乱が物語の背景にある。ロンドンで起きている事件だが、関係者たちはインドとつながるのだ。海外植民地に頼りつつ怯えているイギリスの姿が浮かび上がる。それにスモールとワトスンとの奇妙な類似性も見えてくる。

【インド帰りの軍医】

『緋色の研究』で、語り手であるワトスンは、一八七八年に医学の学位をとったあとで外科医となる研修を陸軍病院で受けて、インドの連隊に職を得ることができた。ところが、配属先である連隊は、第二次アフガン戦争のために進攻していたので、ワトスンがインド到着後に、ようやくアフガニスタンのカンダハールで合流できたのだ。

ワトスンは、アフガン戦争で多くの人は名誉や昇進を手にしたが、自分には「不運と災厄」しかなかったと嘆く。しかも別の連隊に配置転換となったせいで、一八八〇年のマイワンドの戦いに参加したのだ。戦場でアフガン兵の長銃の弾で肩をやられたのを、献身的な衛生兵に救助されて一命をとりとめた。インドのペシャワルの病院で体力を回復して歩き回れるまでになったが、今度は「わがインド領の呪い」である腸チフスにかかってしまう。ワトスンにとってインド滞在はまさに不運と災厄の日々だったのである。

ワトスンが負傷したマイワンドの戦いを含めた第二次アフガン戦争は、後にイギリス側が「グレート・ゲーム」と呼ぶようになる南進するロシアとの戦いの一環だった。直接ではないが、アフガン兵たちの背後に大国ロシアがいたのである。現在もイギリスは二〇〇一年から続くアフガニスタン紛争の当事者となっている。はるか離れた地に軍隊を派遣するのは、百四十年以上前のワトスンの時代と何も変わっていない。

アフガニスタンでの負傷とインドでの病とで疲れ果てたワトスンは、軍から九ヵ月間の静養休暇を命じられ、イギリスに戻ってきた。『緋色の研究』は、元々その休暇の間に起きた事件の記録であり、陸軍軍医の任務へと復帰するはずだった。冒頭に「元陸軍軍医、ジョン・H・ワトスン医学博士の回想録から」とあるように、シリーズとしてのホームズ物語としてではなく、一回限りの物語と設定されていた。ワトスンが一八七八年に取得した学位が医学博士なのか医学士なのかをめぐって、シャーロキアンの間では議論があるが、記述からすると卒業の後に博士号を取得した可能性さえもありそうだ。

『緋色の研究』でワトスンが怪我をした場所は肩だったはずだが、続編の『四つの署名』では脚へと変更された。この矛盾に対するシャーロキアンの解決策の一つは、そのときに肩も脚も負傷したのだが、肩のほうは治癒して、後遺症をもたらしているのが脚だとする見解である（オックスフォード版『緋色の研究』の註）。脚に痛みが残るせいでワトスンはステッキを愛用し、それが武器にもなるとも考えていた（第七章）。

けが人を治療すべき立場のワトスン医師が、負傷と病により患者の立場となったことは軍隊にとっても損失となったはずである。ワトスンが心身の傷を抱えたまま、ホームズ物語は始まり、ワトスンは自分の経済状態に一種の引け目を感じていた。そのため『四つの署名』で、メアリー・モースタンへの求婚をためらうときに、「脚も弱く、銀行の口座はもっと貧弱な軍の外科医である私」と自分のことを呼ぶ（第二章）。

ワトスンは医療行為をしてはいないが、つねに現役の意識をもち、おそらく専門誌の『ランセット』に掲載された最新の病理学の論文を読んでいる。これは、『緋色の研究』を踏まえるならば、九ヵ月の休暇が終了した後で復隊する目的だったとも考えられる。いずれにせよ現役の医師という立場を守っていることが、メアリーと結婚して診療所を開く未来への伏線となっている。ホームズが私立探偵であるように、ワトスンも軍医ではなくて、民間の医師となる必要があった。

【ナポレオン戦争の影】

イギリス軍が敗北したマイワンドの戦いで、ワトスンは軍医としての出世の道が閉ざされ、自身も傷を負った。その戦いは心身に大きなトラウマを残した忌むべきものでもある。ホームズの生誕年として一八五四年が推定されているが、著者のドイルは五九年に生まれている。成長するにつれ、第二次アフガン戦争をリアルタイムに知ることができ、体験者による情報をうまく取りこむこともできた。

ドイルの同時代の読者にこの選択はうなずけるものがあったはずである。『四つの署名』の前に書かれた『クルンバーの謎』（一八八八）では、第一次アフガン戦争が背景として扱われていた。ホームズ物語のワトスンもそもそもは第一次アフガン戦争が下敷きだったという説もある（オックスフォード版の『緋色の研究』の註）。だが、それは同時代ではなくあくまでも過去の戦争だった。

その後ドイル自身が南アフリカのボーア戦争をはじめイギリスの戦争のプロパガンダに積極的に参加していくことになる。このように十九世紀にイギリスが関わった多くの戦争はどれも、ブリテン島から遠く離れた海外が戦場だったのである（富山太佳夫『シャーロック・ホームズの世紀末』）。しかもおこなわれた戦争がつねにイギリスの勝利だったわけではない。敗北したひとつがワトスンが参加したマイワンドの戦いだった。

それに対して、ドイルが生まれる以前の一八一五年に終結したナポレオン戦争は特別な意味をもっていた。イギリスが勝利したワーテルロー（ウォータールー）の戦いはイギリスが誇るべき戦争の記憶だった。一八一五年にベルギーの首都ブリュッセルの南方のワーテルローで、ナポレオン軍とイギリス軍がぶつかった。その勝利を祝して、ウォータールー橋とウォータールー通りが命名され、さらに一八四八年にはウォータールー駅も作られた。

ホームズ物語でも、ウォータールーという言葉は印象深く使われる。『緋色の研究』では、犯人が被害者を追って渡るウォータールー橋が、一線を越えて殺人へと傾斜する境界となっていた。ホームズが結婚したワトスンの家を夕方に訪れたとき、ウォータールーで食事を済ませてきたと一定の配慮をする（「背の曲がった男」）。しかもワトスンに代診を見つけさせて、十一時十分の夜行の列車でいっしょに出かけたのは、ウォータールー駅からだった。この界隈はホームズたちにもおなじみの場所だった。

しかも、ドイルはワーテルローの戦いそのものを作品化している。ホームズたちがサディアスの使いの者と待ち合わせたライシアム劇場で上演されたのは、参加した老伍長を扱った『ウォータールー』だった。これはヘンリー・アーヴィングによって演じられて、人気を博した。

そして失恋の痛手を振り払うように、兵士となって戦場に向かうスコットランド人ジャックを主人公にした『大いなる影（ナポレオンの影）』（一八九三）を書いた。これは一種の成長物語であり、自分の金持ちの従妹エディと結婚して逃げたナポレオンの副官ド・リサックと、ジャックはワーテルローの戦場で対決することになる。だが、ド・リサックを倒したのは、ジャックではなくて、同じく失恋して一緒に出征した幼なじみのジムだった。彼らがワーテルローの戦いの英雄であるウェリントン将軍とすれ違う、という場面が戦場でのクライマックスのひとつだった。

さらに視点をフランス側に置いて、フランスの騎兵隊の下士官であるジェラールを扱った連作も書かれた（『准将ジェラールの偉業』『ジェラールの冒険』）。これは古代からの「ホラ吹き兵士」の系譜に属するコミカルな作風だが、ワーテルローの戦いをフランス側から描いている。しかも「まあワーテルローにいることはいたんだが、戦えずじまいだったので、敵のほうが勝利してしまった。両者に因果関係があるのかに関して、私の口からしかとは申し上げられない」（「わが准将がワーテルローでいかに振る舞ったか」）といったとぼけた口調なのである。そしてナポレオン帝国の敗北は必然だった、などとジェラールは述べてもいる（慣用に従うが、ジェラールの身分は准将よりも、騎兵隊伍長のほうがふさわしいと思える）。

いずれも十九世紀初頭を舞台にした歴史小説であったが、読書論の『魔法の扉を通って』でも、ナポレオンへの敬愛を隠そうとはしていない。現代の英雄として、カーライルが『英雄論』のなかで、ナポレオンを評価していたのも影響していた。ドイルにそうしたナポレオン愛があったおかげで、ホームズ物語のひとつとして、一九〇四年に「六つのナポレオン」（『帰還』）が書かれた。

ナポレオン一世の胸像が次々と壊される怪事件が扱われたが、「二十世紀に生きている者が、ナポレオン一世を憎んで、その像を壊して回るなんてありえない」とレストレイド警部は断言する。そんな蛮行をするのは、時代錯誤か強迫観念の持ち主だけだとみなされる。外科医のはずのワトスンが「強迫観念」というフランス語を振り回すのも時代の趨勢なのだ。この頃までに、ナポレオン戦争は完全に遠い過去のものとなっていた。

【侵攻文学とホームズ物語】

時代が離れているにもかかわらず、いやまさにそのおかげで、ナポレオン戦争での勝利が神話化したのは、イギリス本土が戦場とならなかったせいである。一〇六六年のノルマン人による侵攻と征服以降、十六世紀にスペインの無敵艦隊が押し寄せてきても、敵国の軍隊がドーバー海峡を越えて直接ブリテン島に入りこみ、陣地を築き占領することはなかった。

あのナポレオンさえも水際で退けたという自信を国民がもっていた。ドイルの『大いなる影』も、エルバ島から逃げてきたナポレオン軍がスコットランドに侵攻したという噂で、パニックになるところから始まっていた。だが、最終的にイギリスにとり脅威であるナポレオンはイタリア近くのエルバ島よりはるか遠いアフリカの西のセントヘレナ島へと流刑にされた。そこはイギリスの支配地だった。

ワーテルローにまで押し寄せてきたナポレオン軍のように、ドーバー海峡へと近づき、さらにそれを越えて敵が侵入してくるという恐怖そのものはその後も保持されていた。ホームズ物語の長編の四冊に限っても、『緋色の研究』が西のインドとしてのアメリカをめぐる話だったとすれば、二作目の『四つの署名』が東のインドをめぐる話となったのも不思議ではない。さらに言えば、『バスカヴィル家の犬』がイギリス国内の問題となり、『恐怖の谷』がアメリカとアイルランドの話になっていく。いずれもイギリスの内外の脅威を主題としているのだが、その背後に「侵攻文学」の系譜があるのだ。

一八七〇年から七一年に起きた普仏戦争の後で、G・T・チェスニーによるドイツ兵の侵略を描いた「ドーキングの戦い」（一八七一）が登場した。侵略された五十年後に、老兵が孫たちに向かって、イギリスが油断をしていたせいで、ドイツ語を話す者たちに支配されてしまったことを告げる。後続する「侵攻文学」がたくさん書かれ、その数は四百ともされる。欧米だけでなく、日本でも押川春浪などの架空戦記の創作が広がった（I・F・クラーク『次の大戦争の話　一八七一―一九一四』）。襲ってくる対象が作家によってさまざまに変化した。外敵が侵略する恐怖を描く系譜に、ウェルズのタコ型火星人が襲ってくる『宇宙戦争』や、東欧からドイツ語を操る吸血鬼が侵略してくるストーカーの『ドラキュラ』も含まれる（丹治愛『ドラキュラの世紀末』）。

ドイルも侵攻文学の流れに敏感だった。『四つの署名』で、外からやってくるのに利用されたのは船だった。だが、海を越えてくる兵器として潜水艦がある。ホームズ物語の「ブルース・パーティントン型設計図」（一九〇八）は、ドイツのスパイに潜水艦の設計図が盗まれる話であった。そして、第一次世界大戦前夜には『危機！』（一九一四）というドイツの潜水艦の脅威を煽る小説が書かれた。

また英仏海峡の下をトンネルで結ぶ計画がもちあがり、海峡トンネル会社が一八八一年に実際に掘削を始めたが、八三年には中止した。トンネルを掘り進めるための技術的な課題もあったのだが、心理的な障壁も大きかった。大陸と直結する可能性が出てきたことで、敵が地下から侵略する恐怖が煽られた。ドイルは一九一三年に新聞に投稿して、「海峡トンネル」の建設には多くの利益があると主張した。デメリットとして「敵の侵攻」をあげていたが、フランスは侵攻してこないと断じていた。ところが、一九一六年の総括では、その不安をドイツとつなげて考える内容になっていた。

ホームズ物でも、地下にトンネルを掘って銀行を襲う話が『冒険』のなかにあるし、依頼人の民間銀行の頭取が、雪のせいで馬車を使えずに、一般の通勤客のようにベイカー街へと地下鉄でやってきたりする（「緑柱石の宝冠」）。こうして地下への想像力が発達していった。H・G・ウェルズの「タイムマシン」（一八九五）でも、未来世界では、階級社会の模式図のように、底辺にあたる暗黒の地下世界に食人種のモーロック族が暮らしているのだ。

敵国がドーバー海峡を空から越えてイギリスに迫ってきたのが、第一次世界大戦だった。すでに気球や飛行船もあったが、一九〇三年にライト兄弟の飛行が成功してから、飛行機が空からの侵略に大きな役割を果たすようになる。射程が長距離となった大砲が使われ、毒ガス攻撃や空からの爆撃もおこなわれるようになった。ウェルズが『空中戦争』（一九〇八）でドイツの飛行機がヨーロッパやアメリカを攻撃する様子を描いたし、ドイル自身も「大空の恐怖」（一九一四）のような航空ホラー小説を書いた。

どうやら、ホームズが活躍した世紀末以降、空、海上、海中、さらには地下からも、ブリテン島が狙われているらしい。それは大英帝国が領土を拡張したことで生じた不安の裏返しに他ならなかった。また支配しているはずの植民地から犯罪が逆流してくるという不安、しかも、スモールが述べたように、イギリス式の軍隊教育を受けてイギリスの武器をもった兵士が襲ってくるという恐れもある（第十二章）。アグラ砦でスモールの部下となったシーク教徒たちは英語が理解できるが、イギリス人であるスモールは、シーク教徒どうしの言葉がわからないのだ。見かけや言葉づかいだけでは考えがわからない相手を敵かどうか判別するには、探偵のような観察と推理が必要となってくる。

ナポレオン一世はセントヘレナ島で死んだ。だが、その末裔ともいえる大陸の影はブリテン島に忍び寄っているのである。そして、ホームズとワトスンのコンビは、本番に備えるシミュレーションとして、海外から流入するさまざまな事件を解決していくのである。モリアーティ教授などの犯罪者リーグとの対決や、KKKやマフィアなどの秘密結社や地下組織との戦いが、ホームズ物語に多い理由もそこにある（正木恒夫『植民地幻想』）。

【インドの大反乱】

ワトスンが参加した第二次アフガン戦争は、全体としてロシアの南下を防ぐのに役立った。けれども、敗北したマイワンドの戦いでの負傷者では、『大いなる影』でのワーテルローの戦いの勝者のような英雄らしさを持ち得るはずもなかった。ワトスンの犠牲が報われなかった戦いなのである。その代りに、ワトスンはホームズとコンビを組むことで、外部からロンドンへと侵入してくるさまざまな敵を相手に戦うことになる。

そうしたホームズ物語の海外への関心のなかで、『四つの署名』での財宝の争奪の背景となったのは、一八五七年のインド大反乱（セポイの反乱）だった。インドはワトスンも土地勘をもっている場所である。おかげで、インドとロンドンをつないでも、単なる外国とイギリスの関係の話とはならない。しかもすでにロンドンには、召使いなどの形でインド人が居住していて、インドという要素自体に違和感はあまりないのだ。サディアスの所でインド人の召使いが出てきてワトスンが驚いたのは、豪邸ではなくて、貧相な二階建てのテラスハウスで働いていたからである。

兵隊としてインドに出かけて負傷したスモールだったが、「植民地では白人どうしが対等になれる」と語るように（第十二章）、支配階層に入れてもらえることで、本国での貧富や階級差が解消されたという幻想をもてたのだ。これが一旗をあげるために、インドへと出かける理由ともなる。ウスター州の農民の息子であるスモールは、藍の栽培をするホワイトのもとで管理人として働き、馬の背に乗って地元民の労働状況を監視して回った。それは字を読むのが苦手な義足の男でもおこなえる仕事だった。

ところが、セポイの反乱が起きたことで事態は一変する。いっしょに管理人として働いていたドースン夫妻が殺害され、主人の住むバンガローが焼かれているのを見て、スモールはアグラへと逃げこむ。アグラの町には、イスラム教のムガール朝のときに王宮が置かれ、現在でもタージマハル廟が有名である。その古いアグラ砦（城塞）のほうに、イギリス軍は陣を構えて、セポイ兵との戦いに備えていた。

ホームズ物語には、他にもインドが出てくる「背の曲がった男」（『回想』）がある。クリミアとインドで活躍したが、現在イギリスに帰還しているアイルランドの連隊で起きた殺人事件だった。インド大反乱のときの因縁が殺人にまで発展していた。そこで描かれたのは現地の人間との軋轢ではなく、白人支配層内でのいざこざである。話がそれだけならば、アフリカやアジアの別の国の部隊を扱っても物語が成立したであろう。だがそれに対して、『四つの署名』はインドの住民たちを描き、アンダマン諸島の先住民まで登場させている点で、インドとの関係はより深いのである。

【インドにとり憑かれた者たち】

『四つの署名』が『リピンコッツ』誌に掲載されたときには、「ショルトー家の問題」という副題がついていた。単行本となった以降には消えてしまったが、これは作品の主題が、ショルトー父子がアグラの財宝つまりインドに取り憑かれた「問題」であることをしめしている。

父親のショルトー少佐は、インドで得た富でポンディシェリ荘を建てた。その際に、屋敷の敷地のどこかに五十万ポンド相当のアグラの財宝を手つかずのまま隠したのである。庭を穴だらけにしても出てこなかったが、それは屋敷内の一角に封印されていた。そして、それとは別に父親がインドから持ち帰った富が双子の兄弟の生活を今も支えている。

双子の兄とされるバーソロミューは宝探し以外に何をしている人物なのかはわからない。ただ、殺害されたのは、化学実験室だったし、道具が使われた形跡があるのでどうやら趣味的に実験していたらしい。それ以外は財宝探しの日々だった。

双子の弟とされるサディアスは、自宅でインドと「オリエント」趣味を全開して暮らしていた。東洋の陶器を飾り、水煙管を使っている。それでいて、コローなどのフランス絵画を集めて飾っていた。インドでショルトー少佐が得た富で、唯美主義的な美の館を作り上げていたのだ。それは鉄の箱のなかにアグラの財宝が隠されているのとも似通う。ジョリス＝カルル・ユイスマンスの『さかしま』（一八八四）のなかで、人工庭園の美の館に閉じこもるデゼッサントにも通じるのである。けれども、インドにとり憑かれたのは、ショルトー一家だけではない。財宝の箱を狙うという意味では、モースタン大尉もジョナサン・スモールも同じだった。

スモールが所有権を主張するアグラの財宝は、二重三重に略奪された過去をもつ。まずは、藩主（ラジャ）が、土地の民から得た富により入手したものである。そこには「ムガール大帝」という名の至宝を含む百四十三個のダイアモンドから三百近い数の真珠までのさまざまな財宝が含まれていた。藩主は、インド大反乱でセポイの側と東インド会社（＝イギリス）のどちらの側が勝っても大丈夫なように、一種の保険として富を隠そうとした。そして政治的に藩主はセポイの側を支援したのだが、反乱は失敗して最終的に彼は国外追放となってしまった。これにより所有権が自分たちに移ったとスモールは主張するのである。

スモールたち四人は、その運び手である商人のアクメットに変装した男を殺して略奪した。彼らが殺人の件で刑務所に入ると、今度はそれを聞いたショルトー少佐とモースタン大尉が横取りに加わる。ところがショルトー少佐は、抜け駆けをして財宝をイギリスへと運び独占してしまった。最後にメアリーとワトスンが開けた箱のなかの空虚さは、そのままイギリスのインド支配がもつ略奪と支配の空虚さともつながっている。

しかも、ここでメアリー本人がインド帰りの女性だったことを思い出すべきだろう。ごく幼い子ども時代をインドで過ごしたが、母親を亡くし、エディンバラの寄宿学校に入れられた、と語っていた（第二章）。メアリーはインドからの帰国子女の系譜にある。後に『小公女』となるフランセス・バーネットの『セーラ・クルー』が雑誌に連載されたのが、一八八八年だった。セーラは七歳で寄宿学校に入るが、ダイアモンド鉱山を経営していた資産家の父が死ぬと、待遇が一変して屋根裏部屋に住むことになる。その後に父の友人が彼女に遺産を渡そうとしていたことを知るのだ。さらにバーネットは『秘密の花園』（一九〇九）で、インド帰りのヒロインを描いた。メアリー・レノックスがコレラによって両親を失い、インドからヨークシャーに住む貴族の叔父のもとへとやってくる話へと発展する。

インドという空間こそが、メアリーとワトスンを結びつける共通の記憶をもつ場所のはずであった。ところが、ワトスンにとって、インドは負傷をして軍人としての出世とは縁遠くなった場所なのだ。また、メアリーにとってもインドは、母を亡くし、父が長年働いていた場所である。ところが、彼女がインドへのノスタルジーを語る場面はない。つまり、鉄の宝箱が空っぽだと判明したことで、メアリーとワトスンの両人がもつインドと結びついた負の記憶も消え去ったのである。インドとのつながりが消滅したことで、晴れて二人は結ばれる。

『四つの署名』におけるインドと深く関連したアグラの財宝を入れた仏陀の坐像の掛け金のついた箱は、複数の意味合いを担わされている。同じ箱を扱っても、「ボール箱事件」（一八九三）とは扱いが異なるのだ。そちらでは、箱のなかに耳が二つ入っていたが、ある意味で推理しやすい国内的な謎で、短編らしくひとつの意味合いだけを描いていたのだ。だが『四つの署名』はもう少し複雑である。

【スモールとワトスンの奇妙な類似】

『四つの署名』が、このようにインドの要素が絡み合ってできた作品だと見えてくると、今回の犯人であるジョナサン・スモールと語り手のワトスンとが、奇妙な類似をもつ理由がわかってくる。インドの軍隊で活躍も昇進もできずに終わったスモールは、やはり軍医として昇進できなかったワトスンと並行関係にある。

もちろんワトスンはスモールのようにアグラの財宝を狙った犯罪者ではないが、箱のなかは空っぽではあっても、インドの財宝こそがメアリーとの結婚に至る契機となっている。財宝を付け狙うスモールがいなければ、ワトスンのロマンスが成就しなかったという意味でも重要なのだ。スモールという名字が、ワトスンを矮小化した印にさえ見えてくる。

スモール自身はウスター州のパーショアの生まれで、そこにスモール一族が住んでいると説明する。スモールはアングロ・スコットランドの名字であり、起源は十三世紀にまで遡る（サイト「Coadb.com」）。ドイルがアメリカ独立戦争時に活躍したスコットランド出身のジョン・スモール少将の名を知らなかったとは思えない。またジョン・スモールというやはり同名の陸軍軍医がいて、アフリカのモーリシャスで、マラリア対策にキニーネを大量に使う治療法を確立するのに大きく貢献した。一八七九年に亡くなった軍医のスモールは、エディンバラ大学でドイルの先輩にあたる。

ショルトー少佐の死の場面で、メアリーに渡すことになる真珠の頭飾りの傍らにキニーネの瓶があり、脾臓肥大を患っていた男に適切な薬だったのかは不明だが、摂取していた痕跡がある。なお名称が混乱しやすいストリキニーネは、スペルも異なり別物で毒物なのだが、こちらに関しては、ワトスンがサディアスの常用する「怪しげな万能薬」について相談を受けているときに、鎮静剤と間違えて大量摂取を勧めたりしている。キニーネもストリキニーネも薬と毒の両義性をもつ点で『四つの署名』のなかでの財宝や富と似ている。

スモール一族はスコットランドから、ジョナサンの家系のようにイングランド各地、さらにアイルランド、アメリカ、オーストラリアへと移民した。海外へと広がっていく一族の歴史を踏まえると、「放浪癖がある」と自嘲するスモールはその性癖を受け継いだのかもしれない。ただし、一族内の鼻つまみ者が、ポケットいっぱいの金貨を持ち帰れば見直すだろうとも言っている。つまり、幸運（＝富）を求める点でジョナサン・スモールは外に出るべくして出た人物でもあった。

いずれにせよ、インドへと向かったスモールは、右足をワニに食べられて義足の男となって除隊した。インドで軍医をしていたワトスンが、脚を銃で撃たれて職務を全うできずにイギリスに帰還したのと明らかな類似がある。これこそがワトスンの負傷した箇所が、『緋色の研究』での肩から『四つの署名』での脚へと変更された理由なのである。単なるワトスン（＝ドイル）の勘違いや記憶違いではなくて、スモールとワトスンの両者を比較して並べるのに必要な措置だったのだろう。この変更は、『シャーロック・ホームズの冒険』にも引き継がれ、片足に残る長銃の弾がうずくと「独身貴族」に出てくるのだ。

では、どうして負傷箇所が脚に変更されたのかといえば、その傷ならば事務仕事に支障をきたさないからなのだ。『緋色の研究』でのワトスンは心臓近くの血管を撃たれた。傷が再び広がったならば、死に結びつく危険がある。けれども、脚の負傷ならば、破傷風などに侵されなければ、ステッキを突きながら、夜中に動物商を訪れて借りた犬と歩いても平気なくらいに回復しても不思議ではない。犬のトビーを連れて歩く距離を「六マイル」とホームズは口にするので、十キロほど歩くことになった。だがワトスンは平気である。しかも、医学論文やホームズに推薦された本を読んで、ホームズの回想録を書くこともできる。

その一方で、学もなく文字を読むのも不得手なスモールだったが、ワニに脚を奪われた後でも、藍を栽培するホワイトを手伝うことができた。アゴラの砦では、隠し場所の見取り図を四枚作成した。しかもブレア島の囚人刑務所では、軍医を手伝っている。復讐のために逃げ出すときには、外せる義足は武器にもなった。『宝島』のジョン・シルヴァーに匹敵するような悪知恵を働かせる。最たるものは宝石をテムズ川に投げ捨てたことだろう。

兵士から強盗殺人の共犯へのスモールの転落は、軍医として挫折したワトスンがたどったかもしれない別の道をしめす。酒で身を崩した兄の姿がホームズによって明るみにでたが、当時の考えでは「遺伝」によって、ワトスンも兄と同じ因子をもっている可能性があった。ホームズ物語にドイルの父親の飲酒癖の影を見る意見もある（富山『シャーロック・ホームズの世紀末』）。実際にワトスンはロンドンには享楽があるとして、そこを離れなかった。

そのとき、インドのアグラの財宝が、手には届かないがワトスンの心を揺さぶる対象となった。しかも、メアリーが財宝の遺産相続人となるという夢想を通じてだった。スモールが捨てたからこそ、箱の中身は空になり、メアリーという女性をワトスンは手に入れる。その意味ではスモールはワトスンの恩人なのだ。

しかも、スモールが捨てても、六個の真珠はメアリーの手元に残った。スモールによると、三百ほどある真珠のなかで、十二個の真珠をつけた金の宝冠（コロネット）があり、そこから六個が外されて頭飾りになっていたのだ。この宝冠は一八七七年にヴィクトリア女王がインドの女王となったことを想起させる。メアリーはかつて金の宝冠についていた六つの真珠を持参金代わりに、ワトスンの妻となるのである。決して一文無しではなかった。

ヴィクトリアがインドの女王になったときに、完全に統治できなかったのが、フランスの直轄植民地のポンディシェリだった。その名前をショルトー少佐が屋敷につけたのも象徴的に思える。ショルトー少佐が、大英帝国下のインドの軍人でありながら、東インド会社の所有物になるであろう財宝を略奪した点で、植民地政府に完全に統治された存在ではなかったからだ。

ショルトー一族がインド帰りの成功者だとすると、スモールとワトスンはイギリスの植民地に出かけた挫折組の姿を示している。じつはワトスンはホームズと出会ったおかげで、ロンドンのなかで没落せずに済んだのである。ホームズとのルームシェアの生活は、ワトスンの懐具合だけでなく、彼のインドで傷ついた心身の回復にもつながっていたのだ。

第4章　第二の記号――「探索」する人と動物

この章では、「探索」と関連する記号群を考えていく。ホームズは新聞や辞典を使って情報を探索している。さらにベイカー街非正規隊や、犬のトビーを利用して追いかけていく。さらに手紙から電報や電話までが登場し、情報伝達のネットワークができていることがわかる。これを通じて、ロンドンという迷路のような都市のようすが明らかになっていくのだ。

【コンサルタント探偵】

私立探偵である以上、ホームズによる捜査や推理は自発的には起きない。何らかの依頼によって外から事件がやってこないと、ホームズの頭脳は作動しないのである。その点で、ホームズは自発的な内面の衝動によって行動する芸術家や、一日のノルマに従って労働する者ではなく、注文や依頼があって働く職人タイプともいえる。

そして、一度スイッチが入るとホームズの動きは活発となる。「論理機械」とか「計算機」とワトスンが呼ぶ理由はそこにある。オンとオフの状態がはっきりとしているのである。睡眠や食事もとらずに集中が持続する。一晩中バーソロミューの殺人事件の捜査をした後で、疲れたワトスンが人間らしくメアリーを夢見て寝ている間も、ヴァイオリンを演奏したり本を読んだりしているのだ（第八章）。

しかも、ホームズは生産をするわけではないからこそ、自分を満足させるだけの内容のある犯罪が起きるのを待ち、その暇を埋めるために、コカインを一日三回注射しているのだ。ホームズが退屈して事件を待っているのは、機械が活動を休止するとか、本格稼働する前に「アイドリング」している状態に近いのである。

そして、ホームズの頭脳を試すために、世界から犯罪情報がロンドンに集まり、ベイカー街二二一Bに事件の解決を求める要望が集中する。広告を打って事件の依頼人を求めているわけではないが、事件の依頼がさまざまなルートを通じてホームズへとやってくる。身分に関係なくホームズが対応できることが、ベイカー街二二一Bという架空の場所の利点となる。『四つの署名』でも、そこはメアリー・モースタンのように名刺をもつ女性、ホームレスの子どもたち、年老いた船乗りまで、誰でも訪れる場所なのである。

『四つの署名』のメアリーのように依頼人が直接ホームズの許を訪れるのが一般的な始まりである。『緋色の研究』では、ユダヤ人の行商人、老女、老紳士、鉄道のポーターなどが出入りするのをワトスンが観察していた。『シャーロック・ホームズの冒険』でも、「赤毛組合」では商人、「花婿失踪事件」ではタイピストが依頼人として登場する。

しかもメアリーがホームズを訪ねたのは、以前セシル・フォレスター夫人の家庭内の揉め事を解決した実績を知り、その手腕に期待したせいである。口コミによる紹介や、知り合いがホームズに助けられたのを知って、というパターンが多い。ホームズの名声を頼りに、ボヘミア王（「ボヘミアの醜聞」）や由緒あるサクソン家の女性（「まだらの紐」）が依頼にやってくる。さらには、ワトスンが、自分の患者をアヘン窟まで追いかけるとそこでホームズに出会って別の事件の話を聞く（「唇のねじれた男」）とか、医院に運ばれてきた患者の話から発展する（「技師の親指」）場合もあった。

　こうしたホームズへの直接の依頼とは別に、警察がホームズに仕事を回すとか、直接頼んでくる場合もある。スコットランドヤードは、いわば同業者でライバルであり、しかも互いに依存する相手でもある。ただし、私立探偵であるホームズに逮捕権はない。そのためホームズ物語の特徴となるのは、それ以前のミステリー小説とは異なり、「犯罪が起きたら警察が関与するという事実を、人々が受け入れている」（ルロイ・パネク『探偵小説序論』）点なのである。逮捕権のない私立探偵には逮捕の義務もないので、謎が解決すると、犯人を取り逃がしたり、あるいは見逃したりといった結末もありえるのだ。

『四つの署名』でも、メアリーに会うときに、サディアスが警察を関与させないようにしたのは、逮捕への不安を感じているからだ。金の力では警察を遠ざけることができないので、バーソロミューの殺害現場に出くわし、死体がある以上親族のサディアスが警察に連絡する役目を果たすしかなかった。ジョーンズ警部がやってきて、容疑者としてサディアスを逮捕した。しかもサディアスがシャーロック・ホームズの名前を聞いても、とくに関心をしめさないのは、南ロンドンの自分の「オアシス」に閉じこもっていたせいだろう。少なくとも『緋色の研究』を読んでいないことは確かである。

　ホームズによると、彼は他の私立探偵や警察がお手上げになったときに、コンサルタントを依頼してくる「コンサルタント探偵」なのである（第一章）。そして、フランスのヴィラールという探偵を助けたことで、お礼の手紙をもらってさえいる。ホームズは、ふつうの警部や探偵の手に負えない難問を解くことに快感を覚える人物なのだ。

　だが、依存関係があっても、私立探偵はあくまでも警察の代りであり、第二の警察権力として機能はしない。そのため、宝探し的な事件や、犯罪に問えないようなグレーゾーンの事件の解決では名声を上げることができるが、殺人事件に関して、ホームズは警察の尻拭いや陰の協力者であって、黒衣にとどまることになる。このあたりに私立探偵としてのホームズの栄光と影とがある。

警察は困ったときには、ホームズを頼ってくる。『緋色の研究』でホームズが殺人事件の捜査に乗り出したのは、グレグスン警部からの依頼の手紙があったからだ。また、『冒険』では、「ボスコム谷の謎」も「独身貴族」もレストレイド警部からの依頼や紹介によってホームズは探索に乗り出すことになった。

私立探偵はあくまでも捜査の補助であり、逮捕権を欠いている。『四つの署名』でスモールに手錠をかけるのはジョーンズ警部である。物語の展開によってジョーンズ警部のホームズの能力に対する評価は変化した。最初は別の事件でのホームズの助言があたったのは運に過ぎないと冷笑的だったが（第六章）、自分の見こみ捜査の失敗からホームズに援助を依頼し、さらにはその指示に従って電話をして警察のランチを動かすまでになった（第九章）。それにつれてホームズの態度も変わってきて、前夜の夕食としてわざわざ手料理をジョーンズ警部にふるまうほどである。

ところが、スモールの逮捕後、「ぼくは妻を、ジョーンズ警部は栄誉を得た」とワトスンはホームズに言う。当然ながら新聞報道もホームズの活躍抜きで伝えられることになる。もちろん、今回の『四つの署名』事件の裏事情は、読者と語り手のワトスンと名探偵のホームズだけが知っていればよいことであり、三者は秘密の共有によりますます親密になるのである。

【探索するための脳内記憶】

ホームズは事件の依頼を受けると、自分なりの捜査を始める。けれども、シドニー・パジェットの挿絵にあるように、ホームズはおなじみの虫眼鏡(ルーペ)と巻尺をもって現場に急行するわけではない。実際には、依頼人の話を丁寧に聞くことから始まることが多い。その間にも探索は始まっているのだ。まずは事件を探索する道具として、ホームズは自分の頭のなかの記憶を利用する。

『四つの署名』でも、ホームズは依頼人のメアリーから、父親の失踪、真珠が毎年送られてくること、匿名の者が今夜会いたいので、立会人二名とともにライシアム劇場での待ち合わせを望んでいるなどの情報を手に入れる。読者やワトスンにとっては、メアリーの状況を理解する内容だが、話を聞きながら、ホームズは会話から得た情報と自身の頭に詰まった知識とを照合しているのである。

そして調査すべき空白部分を確かめると、その後ホームズは『タイムズ』紙の古い記事を確認するために図書館にでかけて、ショルトー少佐の死の日付一八八二年四月二十八日と、メアリーに真珠が送られてくるようになった五月四日づけのタイムズ紙での住所を尋ねる広告との間に暗合を読みとる。両者が関連をもつという予断あるいは仮説を設定したのである。

こうした際のチェックをするために利用されるホームズの頭に蓄えられた知識は、犯罪捜査関連に特化して偏っている。『緋色の研究』に、ホームズの知識をワトスンがチェックした有名なリストがある(第二章)。そこで注目すべきなのは、カーライルが属する「1　文学」と「9　センセーショナルな文学」とに分かれている点である。前者の知識はゼロだが、後者の知識を豊富にもつとされていた。

どちらも「リテルチャー」という単語で、とりあえず「センセーショナルな文学」と訳したが、じつは煽情的な文学作品だけでなく、興味本位の雑誌記事や新聞記事も含む「文献」のことである。たとえば『ジャーナル・オブ・エコノミック・リテルチャー』という経済の学術誌がアメリカにあるが、もちろん文学とは何の関係もない。つまりこれは「扇情的な文献」くらいの訳になる。そして「今世紀に起きた全てのおぞましい出来事の詳細を知っているようだった」とワトスンは注意書きを加えている。まるで患者のカルテの余白に医者がメモをするようなものだ。

過去の事件についての知識が豊富なせいで、ホームズは前例を踏まえてパターンを抽出しようとする。フランスの探偵から依頼された事件は、一八五七年のロシアのリガで起きた事件や、一八七一年のアメリカのセントルイスの事件と似ているとする（第一章）。そして、ポンディシェリ荘で、ロープで壁を登る手助けをした相棒の事を考えると、インドと西アフリカのセネガンビアで似た事件が起きたと連想する（第六章）。ホームズの脳内の情報と関連づけられる過程がよくわかる。過去や遠隔地で起きた事件との類似を探しているのだ。

しかも、その際に類似例が二つずつあがっているのも特徴的である。AとBの二点だけではなくて、三点目のCを結びつけることではじめて、「前後」、「左右」、「上下」という文脈が生まれてくる。二点だけでは相互関係しかわからない。ところが、ある事柄に二つの参照点をもつことで、ホームズは目の前の未知に見える現象を、既知の理解しやすい対象へと変換してしまう。やはり「花婿失踪事件」（『冒険』）でも、ホームズは「類似の事件（パラレル）」があるとして、「アンドーバーでの一八七七年での事件」と「去年オランダのハーグでの似た事件」との二つを並べた。こうして三点測量をするわけである。

脳内にこうした参照点となる有益な情報を入れる空きスペースを作るために、ホームズは余計な知識を詰めこまない。そして「職人は必要な道具だけを揃える」とワトスンに言い放つのである（『緋色の研究』第二章）。探索や検索しやすいように、雑音や障害となる危険をもつ無駄な情報を頭に入れないのである。そして新聞でも読むのは「犯罪記事と私事広告欄」だけと断言する（「独身貴族」）。こうしたホームズの行動は、容量が限られたパソコンやスマホに自分の好みのコンテンツを入れるため、不要なファイルやアプリを削除して空き容量を確保するのにも似ている。ワトスンの常識とは、ずいぶんかけ離れたホームズの知識の偏りや情報選択の考え方は、じつは二十一世紀の現代でこそ広く共感を得るのかもしれない。やはりホームズはわれらの同時代人なのである。

【外部記憶としての参照物】

ホームズが有能であり続けるためには、脳内の記憶だけでなく、参照する情報を蓄えた外部記憶が必要となる。それがメモや辞典や地図の類である。そうした特徴をとらえて、ホームズ物語を「データベース小説」と高山宏は呼ぶ。ホームズはあらゆる情報を「頭脳という屋根裏部屋」に貯めることになる（『殺す・集める・読む』）。

『四つの署名』の第八章で、ホームズは、足跡や毒矢などの「データから推論」して、自分の意見を出せとワトスンに迫る。同じデータを共有しているのだから、能力さえあれば、正しい結論に達するはずだというわけだ。データというのはホームズ物語で繰り返し出てくる重要単語の一つである。『冒険』の「ぶな屋敷」では、ホームズは「データ！　データ！　データ！」と連呼し「粘土なしにレンガは作れない」と主張するほどである。データという粘土から、推理というレンガを完成させることになる。

ワトスンはホームズに促されて推理力を発揮するが、例によって「南アメリカ」と間違える。そこで、おもむろにホームズは地名辞典を取り出して、ロンドンから東のインドの先にあるアンダマン諸島の話をする。ワトスンの無知を訂正するのだが、ホームズは別のデータをもっていて、それを適用したことで優位性を保っている。ある事柄への適切な参照点を見つけ出せるかどうかが、ホームズとワトスンとの違いを生み出すのだ。

ところが、ホームズが自信満々で依拠した地名辞典には、「アンダマン諸島の先住民」に対する偏見に満ちた情報が記載されていた。先住民は、小柄で、醜い容貌をしていて、御しがたく、毒矢を使い、食人の習慣をもつとされていた。こうした表記は、ブリタニカ百科事典の第九版（一八九〇刊）とほぼ等しいことから、ドイルが依拠した偏見も同時代に共有されていた可能性が高い（オックスフォード版註）。『四つの署名』のなかでは、アンダマン諸島の先住民を「野蛮人」とみなす間違った情報に基づいて、トンガのイメージが形成された。

ただし、ホームズ（＝ドイル）のように鵜呑みにするのではなく、アンドリュー・ラングなど同時代の批評家からも、この説明に疑問の声があがり、誤謬を含むと理解する人も多かった（詳注版註）。ブリタニカ百科事典のほうは版を重ねるとともに記載内容をしだいに訂正していったわけだが、それに対して、ドイル作品のほうは訂正されることなく、多くの挿絵やテレビの映像化作品（たとえば一九八七年のジェレミー・ブレット版）にトンガの姿は引き継がれてきた。

それにしても、スモールの相棒の「トンガ」という名前は気になる。人物としてのトンガそのものは、『アンダマン島人の間での冒険と調査』（一八六三）で紹介されたジャックあるいはジョン・アンダマンと名づけられた先住民がモデルとみなせる。著者のフレデリック・モアトはインドで外科医をやり、解剖学者で統計学者でもある。そして、モアトはインド大反乱後に、植民の可能性を探るためにアンダマン諸島を調査した。調査の過程で、ジャックはインタビュー島で船員たちに捕獲され、調査のためにカルカッタ（コルカタ）へと連れてこられ、そして後で戻されたのである。モアトは、船員たちが彼をジャックと名前をつけ、衣服をはぎさり、煙草を吸わせるのを観察している。そしてモアトは、生肉などを喜んで食べるジャックのようすから、アンダマン諸島の先住民が「人食い人種」であるとする十七世紀以来の偏見を訂正しなかった。そのためモアトの本が、アンダマン諸島の人間は野蛮人であるというブリタニカ百科事典の記述を支えたのである。

そもそもトンガという語はアンダマン諸島とは関係なく、ドイルによって恣意的に使われたものに過ぎない。アルファベット順に情報を配置した辞書や辞典では、それぞれの項目は価値や文脈に関係なく平等に配列されている。そのため、創作のために勝手に結びつけられたとしても不思議ではない。トンガという語が利用されたとき、一般に南太平洋のトンガ王国、あるいは北ローデシアのトンガ族との関連が疑われる。当時はどちらも大英帝国へ帰属していたし、新聞種となるような事件も起きていた。ドイルがどこかでトンガという語を目にして、「野蛮人」にふさわしいと思ったのかもしれない。

『四つの署名』にはこうしたパターンは他にもある。メアリーがもっていた紙に残された四人の署名も「ジョナサン・スモール、マホメット・シン、アブドゥラ・カーン、ドスト・アクバル」とあり、ホームズは名前から白人がジョナサン・スモールだけなので、真犯人の一人だと目星をつけてジョーンズ警部に知らせた（第六章）。だが、もしも他のシーク教徒のインド人が、ジョン・アンダマンのように改名されていたのならば、ホームズは顔を見たこともない彼らをスモールの証言前に白人と識別できたのかは疑問である。名前が体の特徴と一致している保証はない。それは双子のサディアスとバーソロミューのスモールという名字が、一族が小柄だったという伝説に由来したとしても、体の大小をしめすわけではないのと同じである。

ホームズによる情報チェックが間違いなく正解に達する点で、ホームズ物語は余計な脱線をしないように閉じた「データベース小説」なのである。当たり前だが、ホームズの使った地名辞典の「アンダマン」の前後にどんな項目が記載されているのかを読者が知ることは不可能である。物語内の捜査や推理に必要な検索においてのみ引用される設定で充分なのである。ホームズが隣の頁を参照することはないし、都合の良いことに刊行されたばかりの地名辞典なのだから、「A」の後続の巻が不在であっても構わない。たとえば、この地名辞典では「ロンドン」がどのように記述されているのかが気になるわけだが、永遠に未刊なのである。

地名辞典はたとえ全巻が完結していなくても充分に役立つように、断片的で体系的ではないデータや情報は使い勝手がよいのである。こうしたホームズの手法は、ホームズ物語内だけでなく、ドイル自身の創作における振る舞いにまで広がる。雑誌や書物や新聞などの断片的な材料を使いながら、新しい作品を作り上げていったのだ。

ドイルは取りこんだ材料を恣意的に利用している。通りの名前をはじめとして、実際とは異なるロンドンの空間を構築した。『四つの署名』でもランガムホテルやライシアム劇場などのランドマークは変更されないが、細部が改変されることで、いつしか想像的な空間へと連れこまれる。しかも地名の記憶違いや、古い資料に依拠したせいで年代と合わない記述もある。こうした改変はリアリズム小説ではよくあることなのだが、シャーロキアンに推定する材料を与えてきた。そのせいで、ベイカー街二二一Bやポンディシェリ荘のモデル探しがおこなわれ、聖地巡礼と称して訪れた人が探訪記や写真集などを生み出しているのだ。

【情報のネットワーク】

ホームズはライシアム劇場前から馬車でサディアスの屋敷へと連れて行かれる間、「ロチェスター小路、ヴィンセント・スクエア、ヴォクソール橋」と通りや橋の名前をあげてどこに向かっていくのかを推測する。最終的に「コールドハーバー・レーン」にたどり着くと「探求のはてに、どうやらあまりファッショナブルではない地区へと導かれたようだ」（第三章）と結論づけた。また犬のトビーは、犯人が踏みつけたクレオソートの臭いを追いかけて「ストレダム」からはじまり、ボンド街、マイルズ街などを抜けて、最終的にテムズ川にぶつかるブロード街のはずれに至る（第七、八章）。ロンドン市内を移動しながら位置をチェックしているホームズとワトスンの頭に地図があることは間違いないようだ。

虚構も交えて地名を詳しく記述するホームズ物語には、エディンバラから、地方都市プリマス、そして大都会ロンドンへと上京してきた「田舎者」であるドイルの特徴が出ている。ドイルは地元育ちがあだなで呼ぶ場所をあくまでも地図上の地名で語っている、と富山太佳夫は指摘する（『シャーロック・ホームズの世紀末』）。つまり、ドイルにとって、ロンドンは自分の体験や記憶が蓄積した空間ではなかったので、街路や土地の情報も資料を参照して調べる必要があったのだ。

たとえば、「赤毛組合」（『冒険』）で、「ロンドンの正確な知識をもつのがぼくの趣味さ」と言ってホームズは順路にあった店の名前をあげる。「モーティマーの店」、「タバコ屋」とはじまり、どれも名詞の羅列であって、色や様子をしめす形容詞をほとんど含んでいない。せいぜい「小さな新聞店」というくらいである。あくまでも名詞という検索可能な情報で知識が出来上がっているのである。

しかしながら、よそ者であるドイルが、脳内の記憶ではなくて、外部の情報に基づいて書いたことがホームズ物語にすばらしい効果をもたらした。たとえベイカー街二二一Bのような虚構であっても、地名や番地を詳しく記載したおかげで、現地を知らない人間でも、ロンドンを覗きこんだ錯覚をもてるのだ。これがイギリスだけでなく、世界中でホームズが人気を得た秘密だろう。地図や地名辞典やガイドブックを頼りにホームズが活躍するロンドンを知ることは、マップや参照物をもって移動する現在の観光客と似ている。しかも「AR（拡張現実）」よろしく、現実の風景にホームズ物語をかぶせて二重に理解して楽しめるのである。

　職住接近どころか、下宿がそのまま探偵事務所であるホームズにとって、通勤という行動はない。そして、気晴らしといえば、ロンドンの町中をワトスンと散歩するか、自室での化学実験なのだ。『四つの署名』でも、オーロラ号の行方がわからずにいらいらしている気分を慰めたのが「悪臭」とワトスンが呼ぶ実験だった。こうしたホームズの室内志向も、ロンドン市内で幼い日に遊んだ経験をもたないドイルの土地勘の限界を反映しているのかもしれない。この弱点を克服するのが、郊外の新興住宅地や、田舎のお屋敷を舞台にすることなのである。

　ホームズが利用できる地図や百科辞典さらに新聞記事からメモまで、検索しやすいデータへと変換するには、陰の労力があるはずだ。辞書だろうが地図だろうが、他の人間が参照できるデータに変えなくてはならない。ホームズ自身も、人名などの検索用のファイルを作っているし、後には、同居人の「ボズウェル」として、ワトスンはホームズから聞いた事件の情報をメモして、さらに整理している。

　こうしたホームズとワトスンによるベイカー街でのささやかな作業だけでなく、ヴィクトリア朝社会、さらに大英帝国において、広範囲の情報をデータベース化することが不可欠となった。国内外を統治するために、行政機関や裁判所や警察や医療機関には大量のデータの蓄積が求められる。さらに、憲法をもたず、裁判における法判断と前例主義で動くイギリスにとって、過去の記録をどのように保存するかは大問題であった。しかも、英国国会議事録は、それまでの秘密主義をやめて、一七七一年以後公開されるようになっていた。

　データの集積である地名辞典を読者が「A」から「Z」まで通読することはない。辞典の大半の項目は参照されずに終わるように、作成された大半の書類は永遠に利用されずじまいかもしれない。だが、データはきちんと蓄積されているからこそ意味をもつ。なぜなら地名辞典のように、参照が必要となった場合に、該当する情報がないと困るからである。法治国家においては、冒頭から読むためではなく、後で引用し証拠とするために、多数の書類が作成され、保管されているのだ。

【データの記載と管理】

こうして書類づくりをすることが、官民問わず重要となる。『緋色の研究』では、現場に残された品物から、店の帳簿にたどりつき、犯人につながる手がかりを得る話が出てきた。そして証言をとりながら、グレグスン警部が会話を速記で書き留める。今ならボイスレコーダーを使うところだろうが、聞き出した証言が信憑性をもつかどうかは、じつは速記の記録が根拠となってくる。話す端から空中に「蒸発」していた会話が書き留められて、証拠となってしまうのである。

会話を書き留める速記術は、古代ローマからあり、訓練された奴隷たちのおかげでキケロなどの演説集が残っている。だが、ピットマン式と呼ばれる速記術のマニュアルが『フォノグラフィー、または音声によって書く』として一八四〇年に発行され、これがヴィクトリア朝の標準的なマニュアルとなった（ジョン・ピッカー『ヴィクトリア朝のサウンドスケープ』）。グレグスン警部が使ったのも、やはりこのピットマン式だったのかもしれない（速記術を心得たミステリー関係者として、チャールズ・ディケンズと宮部みゆきがいることは特記しておきたい）。

また、手書きの手紙などでは、どうしても筆跡に癖が出てしまう。『四つの署名』でも、ホームズはメアリーに届いた手紙の筆跡から、書き手のサディアスの性格を読み取ろうとした。ワトスンが「事務能力があるし、性格もきちんとしている」と肯定的に読むと、ホームズは「性格はきちんとしていないし、不安定で、うぬぼれに満ちている」と訂正する（第二章）。ということは、文字を書くときに、ホームズが指摘した点に気をつけると、相手に性格を読み取らせないで済むことになる。

筆跡により性格が浮かび上がるのなら、相手に読解されないように文字を標準化し無個性に見せる必要がある。そこで差異をなくそうとしたのが、本の活字やタイプライティングであろう。たとえば、「ボール箱事件」（『挨拶』）で、レストレイド警部は、犯人の告白を速記係の男に書き留めさせると、その「写し」を三通タイプさせ、そのうちの一通をホームズに送ってきた。こうした書類仕事のために働く女性タイピストが、ホームズ物語にも登場する。

「花婿失踪事件」（『冒険』）の依頼人メアリー・サザーランドは、叔父の残したニュージーランドの債権により、四半期ごとに利子収入があって裕福ではあるが、タイピストとして働いている。タイプ一枚が二ペンスとなり、一日十五から二〇枚打つと独身女性が暮らせる収入になると答える。彼女は母親と一緒に住んでいるのだが、タイピストは独身女性の新しい「体裁の良い」職業となっていた。ただし、タイプライターも使っているうちに、一台ごとの「個性」をもってしまうので、ホームズがそこに注目する事件もあった。

電子メールやSNSが標準となった現在では、手紙はまどろこしい手段に思えるが、郵便配達が発達していた時代には、ロンドン市内なら朝出した手紙が午後に着くこともありえた。もちろん郵便局で打つ電報はもっと早い伝達手段となる。ホームズが正午にポプラ局で打った電報が、午後三時にはベイカー街に届けられる（第九章）。ワトスンがわざわざ午前中に出かけたのも電報を打つためだった（第一章）。それにベイカー街非正規隊もホームズの電報によって呼び寄せられた（第八章）。サディアスがポンディシェリ荘に入るときに、郵便配達の二回ノックをする方法をとったのは、普通の訪問客ではないことをしめすためだったが、元々電報などの急ぎの用事であるという印だった。さらには、ジョーンズ警部がベイカー街のホームズの下宿の向かいから本庁に電話をかけたように（第九章）、ロンドン市内に電話網が整備されつつあった。

後の「五つのオレンジの種」（『冒険』）でも、インドの港町ポンディシェリの消印のある手紙から始まる。ホームズは『四つの署名』並みに奇妙な事件だと言う。送られてきた五つのオレンジの種の謎を解くことになる。人間をゆっくりと運ぶ帆船、手紙を運ぶ快速の郵便船、瞬時に伝わる電信（電報）とそれぞれの媒体の伝達速度の違いが、謎を生み出すのに重要な役割をはたしていた。このようにホームズ物語には、情報を伝達する速度が異なる媒体（メディア）が複数存在する。それぞれがネットワークを形成しながら併存しつつ関連しあっている。

ホームズにとっての理想状態は、ベイカー街二二一Ｂの長椅子に寝そべったままで、彼の頭脳とすべての情報ネットワークとがつながっていることだろう。現在のインターネット時代なら、ホームズは事件の依頼から、写真や映像による証拠の入手や過去の記事や文献の資料集め、さらには解決と報告書の返信、そして料金の振り込みまで、ウェブ上で完結した探偵業を営めるかもしれない。他の探偵や警察からの相談もメールで受け付けるなら、これこそコンサルト業としての探偵となるのだ。

【探偵犬トビー】

ところが、地図や百科事典や新聞などのデータがどれほどつながっていたとしても、安楽椅子探偵だけでは、問題の最終解決には至らない。やはり物理的に犯人の身柄を拘束しなければならないからである。ロンドン市内の地図上に、犯人の位置を特定できたとしても、誰かが逮捕するために向かわないといけない。あるいは、ホームズがやる手のひとつは犯人をベイカー街へと呼び寄せることである。すでにエドガー・アラン・ポーの「モルグ街の殺人」で使われた手法だったが、それを真似たのだ。いずれにせよ、犯人の身体を確保するには、警察と協力する必要がある。

ただし、警察はたいていホームズの忠告や示唆を無視するので、間違った方面を捜査することになる。初動捜査のミスというか、見こみ捜査の失敗である。今回も、ジョーンズ警部はサディアスを犯人と決めつけて、ポンディシェリ荘の関係者を全員逮捕して連れて行ってしまった。そのままだと迷宮入りになってしまったかもしれない。しかもサディアスに完璧なアリバイがあったので、捜査が行き詰まってしまったのである（第九章）。

警察とでは推理の方向が異なり、ホームズはワトスンといっしょに犯人の足取りを求めて、独自の捜査をおこなった。その際に補助となる犬のトビーが登場した。ホームズがポンディシェリ荘の現場捜査を続けている間、夜中なのに、鳥の剥製屋で動物商のシャーマン老人のところからワトスンが雑種犬を借りてくることになった（第七章）。

ホームズ物語での犬の扱いに関しては、ずっと後の一九二三年に発表された「這う男」（『事件簿』）に特徴がよく表われている。そこでは、二度も飼い犬に襲われた教授の秘密が解き明かされるのだが、その教授の件を話題にしながら、ホームズは犬に関する論文を書こうと思う、とワトスンに告げる。当然警察犬のことだろうと考え、ワトスンは「ブラッドハウンド、スルースハウンド」と口にしたが、ホームズは「犬は飼われている家族を反映する」と意外なことを口にする。飼い犬を見ると、その家族の状態が理解できるとみなしていて、ここでもホームズは痕跡を読もうとしていた。

ワトスンが述べた「ブラッドハウンド」は、中世以来の文字通り血の臭いをたどる犬だった。そして獲物の臭いの跡をたどる犬という意味の「スルースドッグ」から探偵をしめす「スルース」という語が十九世紀半ばに生まれた。たしかに、事件に向かうホームズが「探偵犬（スルースハウンド）」のようになるとワトスンは言う（「赤毛組合」）。スルースがそもそも犬に由来するのだから、ホームズが犬にたとえられても不思議ではない。そして『バスカヴィル家の犬』が、ホームズ物語の犬の頂点に立つだろう。これは「魔犬」であり、しかもおぞましい伝説に彩られているのだ。

　警察犬がスコットランドヤードで正式に使われるようになったのは一八八九年からだが、それは切り裂きジャック事件の捜査がきっかけだった。その意味で、ホームズがトビーを使うのは、タイムリーな話題でもあった。しかもロンドン中の警官よりも役立つと評価するのが、連続殺人事件に翻弄される警察への揶揄にさえ聞こえる。トビーはクレオソートの臭気を追って、南ロンドン一帯にホームズとワトスンを連れ回した。最終的にはテムズ川によって阻まれ、犯人がランチに乗ったことがわかるのである。

　ワトスンがトビーを借りに、夜中の三時にシャーマン老人の店のなかに入っていった際に、眠りを妨げられたアナグマやイタチなどさまざまな動物たちが周りにいた。垂木の上の鳥たちも、移動するワトスンを見ている。そのとき、まるで追う者が追われる者となるような転倒した感覚をワトスンに与えたように、店内の異様な動物たちの姿は、ロンドンという都会がジャングルになった雰囲気をたたえていた。

　メアリーの依頼から一日も経ないうちに、ロンドンがインドやアンダマン諸島といった場所と地続きになり、狩りをするのに充分な場所に見えてくるのである。店先に小ウサギをくわえたイタチを飾っているように、シャーマン老人の仕事は、鳥などの獲物を剥製にする剥製商でもあった。ただし、今回のホームズたちの獲物は動物ではなくて人間なのである。

【ベイカー街非正規隊】

犯行から二十八時間後に追跡が開始されたので痕跡が消えかかっていた。そして、犬のトビーは、臭いという手がかりを追いかけていたのだが、途中のナイツプレイスで二つの方向のどちらを採るかを迷った。結局、間違った臭いの跡を追いかけて、材木置場のクレオソートの樽にたどり着いてしまったのだ。これはトビーとホームズたちとのコミュニケーションがうまくいかないせいだった。あくまでもホームズはトビーの様子からその考えを判断しているに過ぎない。もしもトビーが口をきけたのなら、もう少し円滑にいったのかもしれない。

翻訳ではわかりにくいが、コミュニケーションにまつわる語は、ホームズ物語に頻繁に登場する。父親が失踪したあと、メアリーは警察やショルトー少佐に「連絡」をした（第二章）。またジョーンズ警部が、ポンディシェリ荘は上げ扉が屋根に「通じている」と大発見のように言う（第六章）。どちらも「コミュニケート」が使われている。相手が生物か無生物か関係なく幅広く使える言葉なのである。

ホームズたちのトビーの扱いを見ていると、やはり犬と人間との間での意思疎通はむずかしい。どうしても一種の道具として使うだけで、さらなる指示を与えることはできない。だが、人間どうしならば、ホームズと会話をして、作戦変更なども効率よくおこなえる。そこで、追跡の役目をトビーからベイカー街非正規隊が引き継ぐことになったのだ。

行方が知れないオーロラ号を探し出すために、彼らは電報でベイカー街に呼び寄せられた。ホームズはワトスンに「こういう事件でこそ役に立つ」と言う（第八章）が、『緋色の研究』で登場したときには六人で、名称も「探偵警察のベイカー街分隊」と物々しい雰囲気があった。だが、ホームズ自身によって、「ベイカー街非正規隊(イレギュラーズ)」と名称も変更され、人数も倍増した。遊撃隊などとも訳されるが、非正規隊とは、要するにゲリラ的な活動をする連中のことである。一方でテロリストや秘密結社に対する嫌悪感が描かれながら、社会の裏側に隠れてしまった人間や物を見つけるのに、立場として近いホームレスの子どもたちが重宝されたのである。

彼らは「ストリート・アラブ」と呼ばれている。『四つの署名』と同じ一八九〇年に、アフリカ探検家のヘンリー・M・スタンレーの妻となった画家のドロシー・テナントによる『ロンドンのストリート・アラブ』という画集が発売された。序文によると、テナントは、通りや公園を散歩して見かけたボロを着た子どもたちを絵の題材とみなし、十七世紀のムリーリョの《乞食の少年》のような傑作を描くという願望をもっていた。貧しい姿をしながらも子どもたちが無邪気に遊ぶ絵は、確かにどこかムリーリョ風で、最後に「失業」と題する顔も見せずに突っ伏したゴヤのエッチングの《理性の眠りは怪物を生み出す》風の男性以外は、貧困や飢えはほとんど描かれていない。

現実の「ストリート・アラブ」をどうにかしようとして、牧師の娘たちやボランティアの女性がスラムのなかに入って活動をしていた（エレン・ロス『スラム旅行者』）。同時に、ストリート・アラブがたむろするスラムは観光地化し、貧困が見世物とさえなっていた。テナントの画集もそうした視線を共有している。多くの者がわざわざホームズのように変装してまで見物に来ていた。

しかも、スモールとトンガがロンドンで生き延びたのも、貧困者や異形の者が見世物としてお金になるおかげだった。刑務所のあるブレア島を抜け出し、マレーシアからの巡礼に紛れて、ヨーロッパへと渡ってきた、とスモールは告白する。そして、イギリスにたどり着いてから、彼らは財宝の行方を求めてショルトー一家の動きを見張っていた。その間、「トンガを黒人の食人種として、フェアなどの場所で、見世物にした」（第十二章）。トンガが生肉を食べ、戦いの踊りを見せることで金を稼いだのである。一日が終わると、帽子いっぱいに小銭がたまったので、どうにか二人は生活していけたのだ。

こうした「未開人」を見世物にするという伝統は、十七世紀のシェイクスピアの『テンペスト』などで言及されているように昔からあった。アメリカ先住民「インディアン」をイギリスに連れてきて見世物にしたのである。イギリス男性と結婚したポカホンタスのようにアメリカの女王という触れこみで宮廷を訪れた先住民女性もいた。また、社会進化論に基づいて「生きた人間」を展示して、文明と野蛮を対比する「人類博覧会」とか「人類館」と呼ばれる催しが、一八八九年のパリ万国博覧会以降におこなわれた（吉見俊哉『博覧会の政治学』）。一八九〇年の『四つの署名』のトンガも、そのモデルとなったジョン・アンダマンも、同時代の人々からそうした好奇と差別の目が向けられていたのである。

一方、ホームズ物語におけるウィギンズを隊長とするベイカー街非正規隊は、その後の児童向けの少年少女探偵や、少年探偵団に大きな影響を与えた。日本における「少年探偵団」そのものは、エーリッヒ・ケストナーの『エーミールと探偵たち』が一九三一年に映画化され日本で公開された名にちなむ。そして、江戸川乱歩の明智小五郎シリーズとして、小林少年と少年探偵団は『怪人二十面相』（一九三六）で登場した。これは第二次世界大戦後にもブームとなった。子どもたちが名探偵を助けるという点ではホームズ物語と似ている。

けれども、大きく違うのは、エーミールや小林少年はホームレスではないし、金銭的な見返りを求めて活動しているわけではない。「みんなで、少年探偵団っていう会をつくっているんです。むろん学校の勉強やなんかのじゃまにならないようにですよ」と、小林少年を助ける少年探偵団の一員は述べる。

「学校の勉強」などベイカー街非正規隊には無縁だろう。それにウィギンズは小林少年のように名探偵の代わりに推理をすることはない。犬のトビーと同じようにあくまでもホームズの道具なのである。

ウィギンズたちが、日当が一シリングで、船を発見したら一ギニー（＝二十一シリング）を貰えるというホームズの約束にしたがって動くのは、報奨金をあてにしてテムズ川での追跡を手伝い、宝箱の中身が空だと知って落胆する巡査たちと同じ立場なのだ。イギリス小説らしく、ドイルのホームズ物語も収入や金銭の出し入れに細かいが、ウィギンズたちはあくまでも生活に必要な労働をしていた。それは余技やアマチュアのレヴェルにとどまる後続の少年探偵団とはまるで異なる。そして、ドイル自身がホームズ物語で稼いでお金に困らなくなると、物語内でウィギンズたちを使わなくなるのである。

【ストリート・アラブへの社会教育】

当時「ストリート・アラブ」を教育して、大英帝国の兵士にするなどの社会参加の道が模索されていた（リディア・マードック『想像された孤児たち』）。そして、彼らに私有財産の観念をもたせるのが教育の一歩と考えられていた。その点で金銭感覚に鋭いウィギンズたちは、すでに一歩前に進んでいたのである。社会問題化したホームレスの子どもたちを助ける手段として、ホームズが彼らを雇ったともいえる。それは貸し船屋の子どもに二シリングを無造作に与えたのとは意味は異なる。もっとも、その二シリングは、子どもからお金を巻き上げるはずの女将さんの口をなめらかにさせたのであるが。

普通教育がすべての階級に浸透したわけではなかった。ベイカー街非正規隊のメンバーが、こうした教育の恩恵にあずかっている形跡はないし、ホームレスの子どもは、そのままでは対象外だった。とはいえ、隊長のウィギンズはホームズから届いた電報を読めるし、受けとった代金を頭割りする程度の計算はできるみたいである。「ストリート・アラブ」と呼ばれていても、こうした最低限の英語の読み書きや計算をこなせることが、ホームズの手伝いをする条件となったはずだ。

これは、署名の代わりに十字を連ねた「四人の印」を必要としたインド人と対比されている。メアリーが見せた紙に書かれた四人の名前はスモールが書いたものであり、四人の合意を示すのはあくまでも十字を四つ連ねた記号のほうだった。他の三人は英語を話せたとしても、読み書きはできないのかもしれない。それこそが、彼らシーク教徒たちが、白人であるスモールを計画に巻きこんだ理由ともなりえる。スモールは財宝の目録を作り、軍医の手伝いをして薬を調合する実務能力をもっていた。むろん薬のラベルくらいなら読むことが出来たはずである。それはスモール家の一員としてウスター州で受けた教育の賜物だった。

ホームレスの子どもたちを社会に組みこもうとする流れを考えると、テムズ川沿いのジェイコブスン造船所にオーロラ号が隠され、ウィギンズたちが発見するという場面が別の意味をもってくる。ホームズは、仕事を終えて帰る造船所の労働者の群れを見て、「汚れた連中も不滅の火をもっている」と述べる。それは中産階級に属する者がしめした上からの目線による「共感」であった。それとともに、定職と家庭をもつ人々の群れが、ホームレスであるウィギンズたちが目指すべき姿としてしめされている。彼らは造船所を見張りながら、自分たちのロールモデルとなる労働者たちを見ていたのである。

その後ホームレスの少年をホームズが利用したのは「背の曲がった男」（『回想』）のときだけで、これもインド絡みの話だった。「ストリート・アラブ」と呼ばれた子どもたちは、犬のトビーとは異なり、「探索」をするという単一の仕事だけでは一生を終えられないのである。そこに『四つの署名』で犬と人とを対比的に持ち出してきた意味があるはずだ。首輪をつけられたトビーはシャーマン老人の店で「左側の七番」の檻で飼われているし、ご褒美に角砂糖をもらっている。住まいをもっていないベイカー街非正規隊は首輪もつけずに自由に動けるが生活のために稼ぐ必要があった。そして彼らは大人になっていくのだ。初等教育も受けず、職業訓練もなされず、居場所もないままでは、ウィギンズたちが犯罪などの誘惑にかられても不思議ではない。

＊

『四つの署名』において、「探索」は、ホームズの脳内の記憶とのマッチングから始まり、さまざまな情報伝達のネットワークが使われ、さらには嗅覚や視覚のネットワークを利用するために、犬や人間の手を借りることになる。そうした援助はロンドンという都市で行方をくらました犯人の痕跡を掴まえるのに必要だった。だが、同時にネットワークをたどり、選択肢を潰していくことで、未知の道や場所が既知のものとなってマッピングされるのである。作品ごとの表面の意匠が異なっていても、「部屋」と「階段」と「通路」で初期のＲＰＧゲームが作られていたように、都市はゲーム化しやすい空間なのである。そして、ミステリー小説のなかで未知の部分が消えて犯人に到達することが、ゲームにおいて選択に失敗するとゲームオーバーとなり、選択肢がすべて消えるとゲームエンドに達するのに似ている。

しかもホームズが探索に利用している犬やホームレスの子どもたちが、ロンドンの風景の一部を形成している。そして動物も人間も調査し統計される対象となる。「飼い犬」であるとか、「雑種犬」とか、「ストリート・アラブ」と分類されて、そのカテゴリー内の数値のひとつと化す。ドイルが描くこうした都市の姿がモダニズムの感覚を準備するのである。ホームズ物語が都市を情報の束として把握するタイプの小説のお手本となったのである。二十世紀のイギリスのモダニズム文学の代表であるＴ・Ｓ・エリオットやジェイムズ・ジョイスにホームズ物語が大きな影響を与えたのも不思議ではないのだ。

第5章　第三の記号──「ロマンス」をいろどる恋と狩り

この章では「ロマンス」とその周辺の要素を取り上げる。女家庭教師としてのメアリー・モースタンが、事件の依頼人でなおかつワトスンとのロマンスのヒロインなっただけでなく、中世ロマンスへの憧れも描かれる。スポーツや狩りのイメージに満ちたこの物語は、戦争の代替物としての現代の冒険の可能性をしめしている。

【女家庭教師メアリー】

ワトスンとメアリー・モースタンをめぐるロマンスの行方が、『四つの署名』の読者がもつ関心事のひとつとなる。探偵であるホームズは、依頼人で被害者でもあるメアリーを、スモールによる殺人など一連の事件を構成する「要素」としかみなさない。あくまでも、メアリーの心情や魅力をカッコに入れたまま、謎を解き明かしていくのである。

彼女の境遇に同情するワトスンだが、ホームズによって五十万ポンドのアグラの財宝が発見されてしまえば、遺産相続で大金持ちになってしまう。メアリーの悩みが解決されるのは喜ばしいのだが、同時に高嶺の花となってしまうので、財宝が本当に見つかってほしいと願ってはいないのである。「誠実な友ならばそうしたニュースを喜ぶべきだ」とまで言う（第四章）。会って半日も経たないのに、メアリーの友人と考えるのはさすがに思いこみが激しいだろうが、このジレンマが最後までワトスンを苦しめるのである。

現状ではメアリーは身分が高いわけでも裕福でもない。その点をホームズではなくて、初対面のワトスンがしっかりと見抜いていた。「彼女の服装は飾り気もなく簡素なものだったが、収入が限られていることを示していた」（第二章）。忘れられがちだが、ホームズが推理をするための観察眼をもつだけでなく、ワトスンにも物語を伝えるための観察眼がある。しかも、ホームズの記録者という立場を越えて、時折ワトスン自身の気持ちが浮かび上がってくるのだ。それが『四つの署名』では顕著なのである。

メアリーは、母親を亡くし、父親によってインドからエディンバラの寄宿学校へと預けられた。現在はセシル・フォレスター夫人の家で女家庭教師をしている。そして。サディアスから真珠が送られてくるようになったのは、六年前のちょうど勤め出したときだったという（第二章）。彼女がどのような子どもを教えてきたのかは本文ではわからない。六年経っても失職していないので、教えるべき子どもが家庭内にまだいる、と考えるのがふつうだが、顔を出さないのである。

ワトスンは彼女の雇い主であるフォレスター夫人の家を三度訪れた。最初は、バーソロミュー殺害現場から、メアリーを辻馬車に乗せて連れて行ったのだが、夜中の二時近くになっていた。他の雇い人が寝たなかで、フォレスター夫人だけが起きて待っていた（第七章）。もちろんメアリーを心配していたわけだが、ホームズの友人をエスコートに従えて帰ってきたので安心したはずである。夜中に女性が一人で出歩くのは、「売春婦」と間違われる可能性があった。少なくとも「身持ちの良い（リスペクタブル）」女性には、外聞が悪い行動なのである。

そして次の日に、ワトスンが犬のトビーをシャーマン老人に返却して謝礼を払い、その足で向かうと、フォレスター夫人とメアリーがいて話を聞いてくれ、その家に夕方まで滞在した（第九章）。これもフォレスター夫人が同席していたので、何の問題もなかったのである。

　ところが、三回目の訪問で、アグラの財宝が入っている箱を運びこんだが、フォレスター夫人は出かけていて、家にいたのはメアリーだけだった（第十一章）。最初メイドが予告もない夜の訪問客に驚いた。二十七歳の独身女性が男性を女主人の不在の間に招き入れたことは、一歩間違えるとスキャンダルとなりかねなかった。結果としてこの訪問が結婚の同意へとつながり、ワトスンはメアリーを抱き寄せることに成功した。外に巡査を待たせていたが、そうした展開でもなければ、口さがないメイドがどんな噂を周囲にばらまいたのかはわからない。

　中年のフォレスター夫人は、孤児となったメアリーの母親代わりのつもりなのかもしれない。ひょっとして、フォレスター夫人にとり、メアリーは女性の友人であり、家庭内の同居人（コンパニオン）の立場であろう。だがあくまでも雇い主と雇われている者の関係にある。「コンパニオン」と呼んだりしても、ホームズとワトスンはルームシェアにおいて、一応対等の関係なのである。

　メアリーのような職業を英語では「ガヴァネス」と言うが、女家庭教師とわざわざ「女」とつけて訳したのは、エリザベス一世に学問の基礎を授けたマーガレット・ブライアンの時代から存在する職ではあるが、地位や身分においてヴィクトリア朝には特殊な事情があったせいである。当時の中産階級の下の身分の独身女性が働いても恥ずかしくない「堅気の（リスペクタブル）」職業が女家庭教師だったのである。一八五一年の国勢調査によると、全国で二万五千人が女家庭教師として働いていた。女家庭教師を題材として扱い、読者として狙った小説も書かれていた（ブレンダ・エアーズ『聞こえない声』）。

【余った女から医者の妻へ】

女家庭教師は当時、「余った女」の予備軍とされていた。ジョージ・ギッシングの小説のタイトル『余った女たち』（一八九三）にもなったように、十九世紀後半に結婚のできない中産階級の女性たちは社会問題となっていた。結婚に際して持参金をつけることができなければ、身分と釣り合った結婚ができないからである。一八三七年の遺産相続法の改正によって、遺言で女性にも財産を残せるように変更されたが、いきなり十年前に父親が失踪したメアリーには、どうやら財産は残っていなかったようだ。

十七歳で学校を出たという背景には、フランシス・ホジソン・バーネットの『小公女』が描き出した、インド帰りのセーラが、後ろ盾となる父親の死によって、屋根裏部屋に追いやられたような扱いの変化があったのだろう。バーネットの小説の単行本の出版は一九〇四年だったが、雑誌には一八八八年に連載されていたので、『四つの署名』を書く前にドイルが目にしたかもしれない。だが、セーラとは異なり、メアリーがおそらく学校を追い出されてから、六年前にフォレスター夫人の家にたどり着くまでの四年間の出来事に関して語られることはないのだ。

メアリーには後ろ盾となる親族はいないので、幼い子どもを教える住みこみの女家庭教師をして稼ぐしかない。高等教育を受けているし下層階級の出身ではないので、結婚するためには財産が不可欠となる。メアリーはまさに「余った女」の一人だったのである。もしも、メアリーがアグラの五十万ポンドの財宝の一部なりとも手に入れたならば、堂々とフォレスター家の外へと出ることができる。いずれにせよ、女家庭教師は子どもが大きくなり用済みとなれば、別の家庭での仕事を見つけるか、誰かと結婚することによって家を出るしかなかった。

アグラの財宝の箱が空だとわかった時点で、メアリーが自由にできる財産は残っていなかった。そこで、メアリーはワトスンとの結婚で、フォレスター夫人の家から離れることができ、社会的には「余った女」ではなくなった。メアリーには、教えるべき子どもとの関係が描かれていないせいで、仕事をしている女性という雰囲気が乏しいのだ。

ところが、ホームズ物語に出てくる他の女家庭教師たちは違う。たとえば一八九二年の「ぶな屋敷」(『冒険』)の依頼人であるヴァイオレット・ハンターは失業して、貯金を取り崩しながら求職中だった。ウェストエンドの斡旋業者の紹介で会った男は、彼女が以前は月四ポンドの給料だったと話すと、年百ポンドと倍の金額を申し出て、服装や髪型に条件をつけてきたので、断ってしまった。その後、百二十ポンドの条件を提示したので、借金を考えると受けるべきかと悩み、ホームズに相談をもちかけたのである。ホームズは相場では「年四十ポンドも払えば選び放題」なのに不思議だという。そして、ぶな屋敷の謎をめぐる話となっていくのである。

それに対して、一九〇四年の「一人ぼっちの自転車乗り」(『帰還』)では、十歳の娘に音楽を教えるために年百ポンドで雇われた音楽教師のヴァイオレット・スミスがヒロインだった。インフレで給料の相場が変化したのだろうか。こちらのヴァイオレットは、タイトルのようにさっそうと自転車を乗り回す「新しい女」でもあった。

ホームズ物語からだけでも、女家庭教師は結婚を目指すか、貯金や給料の額に自覚的でないと暮らしていけないとわかる。しかも、一八七〇年には普通教育が始まっていて、女家庭教師としての就職先がしだいに減っていた。それが人材の余剰を招き、「選び放題」とホームズが揶揄する状況を作り出していた。

そこで「余った女」たちは、女家庭教師ではなくて、速記術やタイピングを覚えて別の職を探さなければならなかった。結果として『ドラキュラ』（一八九八）に出てきた速記術を操るミナ・ハーカーのような手に職をつけた女性が秘書役として台頭してきた。ミナがこうした技術を身につけたのは、夫となるジョナサンの弁護士事務所を手伝うためという強い動機があった。あくまでも職業女性であり、専業主婦的な家庭内の天使像とは異なるのである。

『四つの署名』の最後で、ワトスンがメアリーと結婚すると告げたとき、ホームズは彼女を褒めるのだが、「チャーミングなだけでなく、ぼくらがやってきたような仕事に役立つからだ。ああした方面に明らかな才能をもっていることは、父親の全文書からアグラの手がかりを残しておいたことでも証明されている」（第十二章）という実務能力を評価してのことだった。サディアスが真珠を送ってきた際の手紙を六枚すべて保管しているなどのメアリーの書類整理の事務能力が、開業医となるワトスンを支援すると見越している。メアリーはミナ・ハーカーの先駆けでもあるのだ。

【ロマンス小説の愛読者たち】

今回のアグラ財宝事件で、メアリーはホームズの依頼人であり、真珠が送られてきた理由や父親が失踪した真相を探している。同時にワトスンとのロマンスのヒロインである。しかも、どうやら彼女は、雇い主のフォレスター夫人とともに、ロマンス物の愛読者だとわかる。

二回目の訪問で、ワトスンが事件の経緯を報告すると、フォレスター夫人は「まさにロマンスじゃない。傷ついた乙女。五十万ポンドの宝物。黒い人食い人種。義足の悪漢。そういうのが、昔ながらのドラゴンや悪い伯爵に取って代わったわけなのね」と納得する。さらに、「助けに駆けつける二人の遍歴の騎士がいるんです」とメアリーが目を輝かせて言うのだ（第九章）。もちろん、ホームズとワトスンのことである。だとすると、「傷ついた乙女」であるメアリーは、さしずめ昔なら悪い伯爵によって、高い塔の上か地下牢に閉じこめられたお姫さま、という役どころになるのだろう。

ここでは中世ロマンスの書き換えとして、現代的なロマンスが考えられている。フォレスター夫人とメアリーの二人は、新旧いずれのタイプの作品も知っていたわけである。そして、ドイルはロマンスの変遷を要約してみせるのだ。

ドイルは十四世紀の中世の騎士を描いたジャン・フロワサールの年代記を愛読していたことを『魔法の扉を通って』で熱く語っていた。実在した騎士たちの見聞録であり、理想化されていない姿を活写している点をドイルは褒めていた。また、ワシントン・アーヴィングによる領土回復運動に参加したキリスト教騎士たちを描いた『グラナダ征服の年代記』（一八九二）も称賛している。そうした歴史小説が自分の本領だ、とドイルは生涯思いつめていた。そのかたわらに空想的な中世ロマンスの世界があった。

ヴィクトリア朝には、フォレスター夫人が言う「ドラゴン」が活躍するような古いタイプのロマンスが復活していた。そもそもイングランドの守護聖人は、中東でドラゴンを退治した聖ジョージ（ゲオルギウス）である。ラファエル前派の画家エドワード・バーン＝ジョーンズが一八六六年にその絵を描いていた。もっとも、ドラゴンといってもその姿は巨大な黒いトカゲといった雰囲気であるのだが。そして、ドラゴン退治の古代英語詩である『ベーオウルフ』は、十九世紀だけで九種類の現代語訳が作られた。それだけ需要と関心があったのである。

また、バーン＝ジョーンズは《アーサー王最後の眠り》（一八九八）を遺作として完成させたが、文学でアーサー王と円卓の騎士の物語を利用したのが、国民詩人のアルフレッド・テニスンだった。『国王牧歌』（一八五九–六四）の連作詩で、聖杯探求にまつわるアーサー王と円卓の騎士たちの愛と冒険を描いた。こうして中世騎士物語が復活し、さらにウィリアム・モリスなどによる世紀末のファンタジー興隆につながった。しかも、アーサー王物語はロビン・フッドとともに、イギリスの国民的アイデンティティを高めるために利用されたのである（バーチェフスキー『大英帝国の伝説――アーサー王とロビン・フッド』）。

そして、フォレスター夫人が口にした「悪い伯爵」が登場するのは、十八世紀のゴシック小説からの伝統でもある。舞台となる中世のお城の地下牢（ダンジョン）や高い塔が、月光に照らされるポンディシェリ荘へとつながっている。ドイルが敬愛するトマス・カーライルは『ダイアモンドの首飾り』（一八三七）を「ロマンスの時代はまだ終わってはいない。決して終わらないし、今も終わっていないのだ」と始めている。

題材となったのは、フランス革命前夜の一七八五年に、王妃マリー・アントワネットに首飾りを渡すと称して、宝石商からだましとったラ・モット伯爵夫妻の話である。首飾りはもともと先王の愛人のために作られたとか、金を出したのはアントワネットに嫌われている男で、夫妻はだますのに王妃の替え玉を使って信用させたとか、ラ・モット伯爵夫人は捕まって投獄されて処罰として「V」の焼印を押されたが、伯爵のほうはイギリスに逃げ延びて欠席裁判で「ガレー船漕ぎ奴隷」の判決を受けたとか、さまざまな要素が盛りだくさんの事件だった。

これはモーリス・ルブランの『怪盗紳士ルパン』（一九〇五）の一エピソードとして扱われたし、詐欺師でもあるカリオストロ伯爵が連座して逮捕されたことなどを考え合わせると、この首飾り事件がルブランだけでなく、池田理代子のマンガ『ベルサイユのばら』（一九七二―七三）での中心となる事件としてはもちろん、カリオストロ伯の名として間接的に宮崎駿監督のアニメ『ルパン三世　カリオストロの城』（一九七九）で使用されるなど日本のエンターテインメントに与えた影響は大きい。カーライルは、フォレスター夫人が主張する現代的なロマンスが、フランス革命前夜を舞台に成立するとみなしている。

それを読んだドイルが、首飾りがバラバラにされて売却されたこの事件を、『四つの署名』での宝冠から外された六個の真珠の話と結びつけたとしても不思議ではない。

ただし、十九世紀になると、ロマンスの意味合いが変わってきて、作品内の恋愛の要素という意味が強くなる。ワトスンが書いた『緋色の研究』に関して、ホームズは「ロマンスの味つけが不要だった」と文句を言っていた。もちろん、フォレスター夫人たちが念頭に置いているのは、ハラハラドキドキの冒険だけでなくて、こちらの恋愛要素なのである。

現代を舞台にした新しいロマンス小説として、『四つの署名』にも間接的な影響を与えたのが、ゴシック小説の風味をもちながら、メアリーのような女家庭教師をヒロインにしたシャーロット・ブロンテの『ジェイン・エア』(一八四七)だった。ジェインは孤児として親戚にうとまれて育ち、寄宿学校を経て、女家庭教師として住みこんだ家には、魅力的な男性ロチェスターがいたが、館にもその男にも秘密があった。失意のなかで、従兄とともにインドに行くかどうかを悩む、というのも大きな鍵となっている。最終的にジェインは五千ポンドの遺産を相続し、結婚により階級を上昇するシンデレラストーリーのヒロインとなった。

著者のドイルではなくて、女家庭教師で余った女でもあるメアリーが『ジェイン・エア』を読んだならば、ファンタジーであるとともに、リアリティを感じたはずである。そして、アグラの財宝を手に入れて金持ちになっても、ワトスンという相手なしには幸福にはなれない、と思ったのではないだろうか。たとえフォレスター夫人の家を出ても、孤独なだけである。その意味で恋愛によって相手を選ぶ『ジェイン・エア』が決断を後押ししたであろう。しかも、身寄りも財産もない軍人の娘メアリーと現在年金暮らしの元軍医ワトスンであるならば、階級的にも収入的にも釣り合いがとれないわけではないのである。

今回宝物の獲得を阻止している悪役は、ドラゴンや悪い伯爵ではなくて、義足の男と黒い野蛮人の二人組だった。それを打ち倒すために「助けに駆けつける二人の遍歴の騎士がいるんです」とメアリーは言う。彼女はロマンスの枠組みを受け入れる資質をもっていたから、ワトスンのアフガン戦争やテムズ川での武勇伝を聞いて喜んだのかもしれない。愛の言葉の代わりに、ワトスンはメアリーに冒険や戦いの話ばかりしている。

サディアスの屋敷に行く間も、アフガン戦争の思い出話を語り、虎の子と戦った話をした（第三章）。そして、財宝の箱を開ける前にもテムズ川での戦闘のいきさつを物語る（第十一章）。「私が冒険をとうとうと語るのを、唇を半ば開けて目を輝かせながら聞いていた」というメアリーは、まるでオセローが戦場で戦った話に耳を傾けて恋をして結婚に至ったデズデモーナのようである。中世以来のロマンスにおいて、騎士たちの戦いとそれを見届ける姫君との愛とは不可分のものだった。

【スポーツをするホームズ】

では、メアリーが述べたホームズとワトスンの「二人の遍歴の騎士」は、実際にはどういう能力があり、どのような役割をはたしているのだろうか。依頼をしたホームズにメアリーが求めたのは、真珠が送られてくる謎の解明だけではなく、「夕方七時にライシアム劇場の左から三本目の柱」で未知の相手と面会する際の立会人となることだった。相手のサディアスは、フォレスター夫人のところで住みこみの女家庭教師をしているメアリーの立場を知っているので、二人まで同伴を認めていた。だからこそ、ワトスンも同行できたのである。

今回のホームズは、安楽椅子探偵とつながる論理機械の印象とは異なり、かなり行動的だった。負傷した足をかかえるワトスンを尻目に、ホームズはポンディシェリ荘の屋根に自ら上って、壁や雨樋を伝いながら、地上の樽の上へと降りてきた。トンガのたどった跡をチェックするためで、綱を張ってナイアガラの滝の上を渡ったブロンディン顔負けの身軽さだと自慢していた（第七章）。どうやらホームズの身体は、予想以上にしなやかなのである。こうした身軽なホームズがおこなうスポーツとして、ワトスンは『緋色の研究』で「シングルスティックを操る達人、ボクサー、剣術使い」とチェックをしていた。

シングルスティックは棍棒術が源流であり、十九世紀にはパブリック・スクールでも練習がおこなわれていた。中南米への「棍棒主義外交」で有名なアメリカ大統領のセオドア・ローズベルトはこれが得意だったと自伝で述べている。一八八六年ころまでイギリス陸軍は新兵の訓練用に採用していたので、ワトスンが注目したのも不思議ではない。一九〇四年のセントルイスオリンピックに正式種目となったほどだったが、剣術の練習用の位置づけだったのでしだいに廃れていった。

ワトスンは、武器として重いステッキを選んだほどなので、ホームズからシングルスティックの技を学んだのかもしれない（第七章）。シャーロキアンの植村昌夫が両手でもつ棒術ではないと指摘したように、シングルスティックのような重いステッキによる攻撃は、『緋色の研究』をはじめホームズ物語のあちこちに出てくる（『シャーロック・ホームズの愉しみ方』）。路上で相手と戦うには、ステッキのほうが、こうもり傘よりも有効だろう。

また、ホームズがおこなう格闘技といえば、ライヘンバッハの滝で落ちた際に、モリアーティ教授の手から逃れて助かった「日本式のレスリングであるバリツ」が知られる（「空き家の冒険」）。やはり植村は、バリツに関して、嘉納治五郎に由来する「柔術」説と、日本にいたことのあるバートン＝ライトによる

「バーディッツ」説とのつながりを解き明かしてみせた。ホームズがおこなう実態は柔術だが、名称がバリツになったのは、バートン＝ライトが呼び寄せた谷幸雄が、その後独立して柔術家としてイギリスで名声を得たせいだとみなしている。

『四つの署名』でホームズがおこなうスポーツとして言及されるのはボクシングだった。サディアスもバーソロミューも、元ボクサーを用心棒として雇っている。サディアスのほうのウィリアムズは、元全英ライト級チャンピオンで、ライシアム劇場に迎えにきた御者として、警察が関わるのを防ぐ役割をもっていた。

それに対して、バーソロミューの門番をやっているマクマードは、顔見知りであるサディアスがポンディシェリ荘に入るのを許可するが、ホームズたちを拒絶する。そのときに説得力をもったのが、四年前にボクシングの慈善試合(チャリティ)で三ラウンド闘い、ホームズがマクマードの顎下にクロスヒットをお見舞いしたことだった。「おれたちの仲間に入ればけっこうやれる」というのがマクマードの誘いの言葉だった（第五章）。

この場合は、素手で戦う賭けボクシングの試合をする仲間を言っているのだ。マクマードはホームズたちを信用してなかに入れる許可を与えた。ドイルは自分でもボクシングをおこなったし、「クロックスリーの王者」（一八九九）などボクシング小説をいくつも書いている。ボクシングでホームズを活躍させても不思議ではない。なにしろドイル自身は、船医として捕鯨船に乗ったときに、船員をノックアウトしてみせたほどボクシングは得意だったのだ（シモンズ『コナン・ドイル』）。

『四つの署名』とボクシングとのつながりに関して、シャーロキアンたちが指摘しているのは、ショルトー少佐の名字である。これがボクシングの「クインズベリー・ルール」を決めたクインズベリー侯爵ジョン・ショルトー・ダグラスに由来すると考えられる。一八六七年にルールを決めて、アマチュアとプロフェショナルが共通して試合ができるようにした。それまでは賭けの対象なので、素手で殴り合い相手が倒れ、ときには死亡などで再起不能になるまで戦っていたボクシングがおこなわれてきた。そこで、「三分間一ラウンドで一分間の休憩」「グローブ着用」などの安全対策がとられた。

ボクシング小説の「クロックスリーの王者」でも「クインズベリー・ルールで二十ラウンド」とか「二オンスのグラブ」といった話がでてくる。ホームズが戦ったのも、こうしたルールに則った上での三ラウンドだったのだろう。「慈善試合」というのはマクロードの引退試合のことで、儲けはすべて彼の収入となる。そのため客あしらいとして、「アマチュア」のホームズに手加減したことも充分に考えられるのではあるが。

これには作品内容とは関係ない後日談がある。このクインズベリー侯爵の三男のダグラスが、後にオスカー・ワイルドの恋人となって、一八九五年に父親が起こした裁判によってワイルドは牢獄に入った。ワイルドの『ドリアン・グレイの肖像』は『四つの署名』と同じ『リピンコッツ』誌に載ったし、ランガムホテルでのパーティでワイルドと会った「黄金の夕べ」を回想している。そこで、唯美主義的な引きこもり生活をしているサディアスをワイルドの戯画とみなす解釈もある（詳注版など）。

世紀末の「男らしさ」の誇示として、ホームズは格闘技やスポーツをおこなっている。「困っているときに助けるのがスポーツマン精神だよ」と「クロックスリーの王者」の登場人物は言うが、フェアプレイとかスポーツのルール化がその背景にあった。クインズベリー・ルールに則っているからこそ、安心してフェアプレイがおこなえるのだ。それはミステリーというルールに基づく小説において、犯人と探偵、あるいは作者と読者とがフェアプレイを求めるのにどこか通じるのである。

【狩りをするワトスン】

こうしてみると、ホームズはボクシングやバリツ（柔術）という格闘技を発揮するか、ステッキや狩猟鞭を操る接近戦の達人に思える。けれども『四つの署名』では絶えずピストルを所持していて、最後にはそれを使用した。ただし、ワトスンと一緒に発砲し、死体はテムズ川に沈んだので、どちらの弾が当たったのかはわからない。相手はアンダマン諸島の先住民のトンガで、毒矢を射掛けられたので正当防衛で発砲したというのが殺害理由だった。トンガに対しては、接近戦でホームズお得意の「クロスヒット」を浴びせたりはしなかったのだ。

アンダマンへの嫌悪感は意外なところに表出する。『四つの署名』と同じ年に出た『ガードルストーン商会』（一八九〇）では、いかに過酷な体験を乗り越えてきたかを自慢して「アンダマン諸島で黒いコブラに噛まれ、コレラにかかった。サンドイッチ（ハワイ）諸島との交易をしていたときには、乗っていたブリグ帆船が難破して、船乗り十人のうち七人が死んだ」という台詞がある。後に「金縁の鼻眼鏡」（『帰還』）で、冬のテムズ川を見ていたワトスンが、「ぼくらの仕事の始めの頃にアンダマンの島人を追いかけた」と思い出す場面がある。アンダマン諸島の先住民であるトンガに対して、どうやらボクシングのフェアプレイとは異なるメンタリティが働いている。それは「狩り」の感覚だった。

ホームズとワトスンは警察の高速ランチに乗って、スモールとトンガを乗せて逃げるオーロラ号を追いかける。まるで映画でも見ているような描写が続くのである。夕暮れのロンドン塔やセントポール寺院の十字架を背景に始まり、二隻はテムズ川を下っていった。西から東に向かうことになるから、日没を背にしている。はしけや蒸気船の間を縫うように進んでいくと、途中で割りこんできた別の船が邪魔になったりする。「犬の島」を周り、グリニッジ、ブラックウォールと追っている間に、夕暮れが星月夜となっていき、しだいに二隻は間隔を詰めていくのだ。そしてテムズ河口近くの開けた湿地帯が現れて、そこでホームズたちはオーロラ号を追いこむことになる。

追跡しながら、ワトスンは「私は波乱に富んだ生涯において、多くの国でたくさんの生き物を狩ってきたが、テムズ川を下るこの途方もない滑空するような人間狩りほど、わくわくするスリルを与えてくれたスポーツはなかった」と言う（第十章）。ワトスンにとってこれは「狩り」であり「スポーツ」だったのだ。スポーツとは本来貴族たちの愉しみを指していて、狩りもその一つであった。こうして、都市を流れるテムズ川が人間を狩るための狩場となる。そのときトンガは獲物であり、遠くから銃撃しても構わない対象となるのだ。法の裁きよりも狩猟の感覚が強く、もちろんジョーンズ警部もホームズたちの行動を咎めることはない。

ワトスンの戦場での精神的な傷（まさにＰＴＳＤにあたる）が癒やされた事が証明された。『緋色の研究』では、死体を見たときに気分が滅入ってしまった様子をホームズに指摘された。アフガン戦争で仲間の死体を見ても平気だったのに、戦場でないロンドン市内で死体を見たせいで神経にさわったのである。ワトスンは自分がもっと神経が太い男だと思っていたが実際は弱体化していた。けれども、『四つの署名』では、人間狩りに興奮を覚えるほどに「男らしく」なって回復していた。バーソロミューの死体を見てもとくに神経がまいったようには描かれない。トンガ殺害に至っては、むしろその様子を冷静に記述しているのだ。

『四つの署名』で描き出されたテムズ川は、ジェローム・Ｋ・ジェロームが『ボートの三人男』（一八八九）で描いたのんびりと船旅をするテムズ川とは対照的だった。ジェロームはドイル一家と家族ぐるみで旅行をし、後に編集者としてドイルの小説を担当することにもなる。彼の小説のなかでは、独身男三人と犬一匹が休暇を過ごすためにテムズ川を遡って、ロンドンよりも上流にあるキングストンからオックスフォードへと行き、キングストンに戻るまで愉快な旅をするのである。平和に見えるテムズ川を行き交う船のなかに、悪徳が隠れている、というのがドイルの立場だった。

ドイルはあくまでも「侵攻小説」の系譜のなかでテムズ川を描いている。ウェルズが『宇宙戦争』（一八九八）で描いた火星人が襲ってくることによりロンドンで生じた混乱時のテムズ川の様子に近い。火星人から逃げ出すために、河口には「テムズ川から蒸気ランチ、ヨット、電動船、向こうには大きな荷物を積んだ船、多数の汚い石炭船、整備された商船、家畜船、客船、石油運搬船、外洋貨物船」が集まっていた（第一部第十七章）。ウェルズは大都市ロンドンさらに大英帝国の物流の生命線としてのテムズ川を描き出す。だからこそ、テムズ川は『四つの署名』でも防衛線となるのだ。

最後に二隻の船が日没を背景に西から東へと向かうのは、川下にブラジル行きのエスメラルダ号が停船していて、スモールたちが夜中に乗りこもうと画策していたせいである。だが向かっている東は、スモールとトンガのいたインドをしめすようにも見えて効果的である。これに匹敵する追跡劇は、ストーカーの『吸血鬼ドラキュラ』の最後で、日が没する西に向かって疾走する伯爵の馬車を主人公たちが追う場面だろう。

伯爵は黒海からドナウ川沿いに遡上し、途中から馬車に乗ったのだ。追跡者たちも馬車で追う。太陽が沈んでしまえば伯爵が逃げおおせるのだが、その前に晒されて退治されてしまった。しかも、西の彼方には伯爵が永住したかったイギリスがある。そして、伯爵の体が無のように消えるのは、鉄箱のなかのアグラの財宝が空であるのとも通じるのである。ライシアム劇場での劇『ウオーターールー』の上演を通じて、ドイルとストーカーが知り合いとなったことを考えると、同じアイルランド系の作家として、ストーカーは、追跡の方角を東西逆転し、テムズ川をドナウ川へと置き換えて、ドイルへ文学的な応答をしたように読めてくる。

インド大反乱当時のインドの支配者は、実質的に東インド会社で、たびたび「カンパニー」として出てくる。ドイルはこの川沿いの描写に、さりげなく「西インドドック」の存在を書きこむ。西インドのジャマイカの砂糖業者が一八〇二年に作ったもので、輸出入のための大きなドックだった。もちろん、アッサムなどの東インドからやってきた茶葉と、西インドからやってきた砂糖があってこそ、アフタヌーンティーを楽しむことができる。ここに東西のインドとつながるロンドンが現れている。『四つの署名』のなかで起きているのは戦争ではないのは確かである。だが、国内的な冒険ロマンスとしてのミステリー小説のなかで、スポーツや狩りの感覚にあふれた追跡劇がおこなわれたのだ。

第6章　第四の記号――「症例」を読む探偵と医師

この章では「症例」にまつわる記号群を追いかける。探偵としてのホームズと医師としてのワトスンは、どちらも「症例」として出来事を捉えているが、全体として犯罪予防と公衆衛生という社会の流れに乗っている。世紀末の享楽を楽しんでいる彼らの友情と同居生活が、共生として別の意味をもってくるのだ。

【症例という共通項】

ホームズ物語の『緋色の研究』や『四つの署名』を書いていたとき、ドイルは医学博士であり、診療所を開いている現役の眼科医だった。たとえお客がほとんど来なかったとしても、世間では、ドイルにドクターの敬称をつけたし、一九〇二年に一代かぎりのナイトの称号を受けると、サー・アーサーと呼ばれるようになる。ただし、この称号はボーア戦争を擁護した件で受けたのであり、ホームズ物語の人気とは関係ない。一度は拒否しようとしたが、母親の強い要望で受け入れたのであり、本人はサーの称号を嫌がっていた。

医学の訓練を受けたドイルは、当然ホームズ物語のトリックに医学的な知識を使ったし、それ以外にも医者を主人公にした小説をたくさん書いている。そうした短編は一八九四年に『赤いランプをめぐって』（抄訳『コナン・ドイルのドクトル夜話』）としてまとめられた。

タイトルの「赤いランプ」とは医者の印のことだが、その一編である「時代遅れ」では、病気の細菌説とかダーウィンの進化論を認めず、新しい医療を信じないのだが、腕の良い老医者ウィンター博士が出てきた。主人公の若い医者がインフルエンザにかかって、老医者に診察してもらおうと使いに出した家政婦の名前がハドスンさんというのも何やら意味深である。この無名の語り手である医者の名前をワトスンと推定したくなるほどである。

また、ボクシング小説の「クロックスリーの王者」も、医学部を卒業するのに授業料が六十ポンド足りない悩みを抱えたモンゴメリーという学生が、稼ぐために賭けボクシングの世界に入っていく話だった。このように本人がよく知る領域を手がかりに物語を構築するのは、成功への近道となる。『緋色の研究』で、医学博士ワトスンを語り手に選んだのも、ホームズとワトスンの最初の出会いの場を大病院の実験室にしたのも、自分がもつ知識を存分に使える設定だからなのである。そのため街や下宿の描写が、新参者であるドイルには不慣れなロンドンよりも、勝手知ったエディンバラを想像させると指摘されるほどである（オックスフォード版註など）。

語り手のワトスンがドイルのことだとすれば、ホームズのモデルとなったのは、周知のようにエディンバラ大学の恩師だったジョー（セフ）・ベル博士である。ドイル自身が述べただけでなく、当時から広く知られていた。エディンバラ大学で過ごしたことのある『ジーキル博士とハイド氏』のR・L・スティーヴンスンも、ドイルと一緒にパロディを作った『ピーター・パン』のJ・M・バリも、ベル博士のことを知っていた。それどころか、スティーヴンスンの叔父のジョージ・バルフォアは、心臓外科の権威でベル博士とドイルに医学を教えた学者だった。

何よりもベル博士本人が「シャーロック・ホームズ氏」という文を一八九二年に書いていて、教え子のドイルが書いたホームズ物語の魅力を語っていた（ノウン『シャーロック・ホームズの光と影』所収）。ドイルの医学の教育と開業医などの経験がホームズの方法に影響を与えたとして、謎解きの説明がわかりやすいので、無邪気な読者が自分でもできると錯覚するのだという。だが、必要なのは「事実を認識するための感覚と、その感覚をいかに働かせるかを知るための教育と知性である」と指摘している。

そして、ドイルは恩師であるベル博士への一八九二年六月十六日付の手紙のなかで「ホームズは、バベッジの計算機械と同じくらい非人間的なのです」と書いている（イーリー・リーボウ『ジョー・ベル博士』）。この「非人間的」とは「人間離れをしている」というくらいの意味だろう。この点に関してベル博士は先程の文章で「人間的とはいえないくらいの（個人的感情が混じっていない）好奇心」がホームズにはあると認めていた。

それにしても、ホームズの比喩としてチャールズ・バベッジの計算機械をもちだしているのは、まさにワトスンが「自動機械、計算機」と非難したことの裏づけとなる（第二章）。バベッジが、コンピューターの元祖ともされる解析機関を発表したのは一八二〇年代だが、当時はいまだに実現できない空想的な計算機械として捉えられていた。

ただし、ベル博士が死去した後、その娘は「父は全くホームズのようではありませんでした。あの探偵は人を寄せつけず厳しいですが、それとは対照的に、父は心優しく親切でした」とホームズと結びつけられるのを否定した、とリーボウは指摘する。当たり前だが、フィクションとモデルとは異なるのである。実際、ベル博士はわざわざホームズとドイルを称賛する文章を書くくらいなのだから、「心優しく親切な」人物なのである。

ワトスンには、天才探偵の言動を読者に伝える役目がある。そのため、多くのシャーロキアンは、

「著作権代理人」のドイルはおろかワトスンすら無視してしまう。ところが、ホームズとワトスンの関係は単純で一方的なものではない。たとえば、ホームズはトンガが落としていった毒矢の入った袋を発見すると、「君たち医者が言うように、これがぼくの診断を裏づけるのだ」と言い放つ（第七章）。ホームズは自分の推理を診断と同じように考えているし、ワトスンが医者であることを忘れているわけではない。

ホームズ物語が成功したのは、探偵と医者という異なるアプローチによって「ケース（事件／症例）」を扱う二人をコンビにさせた点にある。二人は一つの死体の謎をめぐって、見解が対立し、ときには補完する存在なのだ。

犯罪の場合の「事件（ケース）」という言葉は、裁判の対象となるものを指して古くから使われてきた。それに対して医学用語としての「症例（ケース）」は十八世紀に使われるようになった比較的新しい言葉である。ヴィクトリア朝は、犯罪に関する知見と医学の知見とが結びつく時代だった。「時代遅れ」の老医師ウィンター博士が嘆いたように、予防接種や細菌説や進化論が当然視される時代が到来した。だから、ワトスンは医学知識のアップデートのために、病理学の論文を読んでいるのである（第二章）。

しかも、犯罪事件の詳細や裁判の判決、さらに病気の診断や治療も記録され蓄積されていく。「ぼくのボズウェル」と呼ぶホームズの年代記作者として、ワトスンはホームズが関与した「事件」を「症例」として整理する。その際のワトスンの役目は、ホームズ物語に登場するタイピストや速記術といった中身に関与しない中立な記録者なのではない。医学の訓練を受けた元軍医として、患者あるいは観察対象となるホームズの言動を記録しながら、カルテの余白に医師が書きこむように、コメントを付けているのである。

【測定するホームズ】

ホームズが探偵として追いかけるのは犯罪であり、ワトスンが医者として追いかけるのは病やケガだった。そして、ホームズが言うように、探偵術が精密な科学ならば、担い手の才能に関係なく実行できるはずである。推理能力にホームズという個人に属する要素が強ければ、再現性という科学の根本が揺らぐのである。ここに、ホームズ物語の秘密がある。『緋色の研究』で、ホームズが手品の種明かしのようだと自嘲気味に言うのも不思議ではない。その意味で、後年心霊主義へと傾倒したドイルが、心霊術詐欺のトリックをあばく奇術師のフーディーニと交流したのは興味深い。

ところが、ホームズ流の推理には観察力だけでは不充分なのである。ベル博士は「シャーロック・ホームズ氏」のなかで、ホームズのような「鋭い感覚を有益に役立てる特別の教育と知識」が必要だと述べ、判別する例として泥や血の指紋をあげていた。そして指紋から犯人を特定するには、フランシス・ゴールトンのような科学的知識が必要だとする。確かに、メアリーに届いた手紙についた黒い指紋を見て、ホームズは「これは郵便配達人のだろう」と即座に送り手との結びつきを排除してしまう（第三章）。指紋がもつ意味を理解した上で、事件に関与する証拠となるかどうかを判断していたのだ。

指紋や掌紋が人間の識別に有効だとする議論は昔からあったが、それが科学的裏づけをもつようになったのは、一八八〇年十月に日本にいたヘンリー・フォウルズから『ネイチャー』誌に届いた手紙からだった。日本で、泥棒の残した指紋がある容疑者と一致しなかったが、別の容疑者にあてはまり、罪を告白したという報告だった。それに対して同じ年の十一月に、ベンガルのＷ・Ｊ・ハーシェルが、二十年前からインドでは指紋を年金受給者の不正防止に使っているという返事があった（ジェイムズ・オブライエン『科学的シャーロック・ホームズ』）。こうして指紋で判別する可能性が追求されていった。

そして、一八八八年にゴールトンの論文「個人の識別と記述」が『ネイチャー』誌などに掲載されて定式化されていったのだ。これまで人間の識別のために、顔の横顔の輪郭線や瞳の虹彩などさまざまな特徴を測定してきたが、うまくいかなかった。ところが「お互い関係なしに、多くの人が、個人の識別の手段として指紋を提案している」として、ゴールトンは、ドイツやイギリスやアメリカの例をあげて指紋の有効性を主張する。とりわけ中国人の指紋を写真撮影したアメリ人の例をとりあげているのが興味をひく。スケッチなどがいらない写真を使う手軽な判別法であるからだ。

指紋で識別する方法は、インドやエジプトなどの植民地での住民管理のための技術となった。ゴールトンはエジプトを訪れて管理事務所のやり方を実地調査し、インドの資料とも比べて、「インドとエジプトの身元管理事務所」という評論を一九〇〇年の『十九世紀』誌に掲載した。指紋による管理の有効性が提唱されたのだ（サイト「Galton.org」）。そしてこの発想が、ミステリー小説のなかでの犯罪者とそれ以外の人間を識別する方法として、イギリス国内へとフィードバックされてきたことがわかる。

ホームズが絶えず巻尺と虫眼鏡(ルーペ)を所持しているのは知られているが、『四つの署名』では、残された足跡の大きさと特徴の観察によってトンガと結びつけた。ワトスンが「子ども」とか「女性」と言ったのに対して、ホームズは大人の男性でも足跡が小さいアンダマン諸島の先住民のものだと結論づけるのだ。このように、「科学的に」比較して識別するためには、正確な測定が不可欠で、そもそも測定の重要性が広く理解されなくてはならない。

じつは『四つの署名』が掲載された『リピンコッツ』誌の同じ号に、他ならないゴールトンによる「なぜ私たちは人間を測定しなくてはならないのか」という評論が載っている。ゴールトンは、現代が測定や試験の時代であることを強調し、イギリスには無料や少額で測定してくれる機関や実験室があると紹介する。自分が全体のどの位置にいるのかを理解するために測定するのだと意義を説く。

ゴールトンによると、子どもの視力低下や色覚異常を発見したら、それを早期に是正できる。そして大人も肺活量や握力を測定することで自分の状態がわかる。これは現在の健康診断につながる提案だ。しかも、経営者が労働者を雇うときに候補者から選び出すのに測定値が使える、とメリットを強調する。これは社会での選別や管理の手段としての測定でもある。エリート養成のイートン校ではこうした測定が学校ぐるみで始まっている、とゴールトンはアピールしていた。

ゴールトンが主張する測定の重要性は、ドイル経由でホームズに届いていた。こうした測定は、頭蓋骨の大きさや額の広さから犯罪者を見つけ出そうとする当時の犯罪人類学の影響を受けている、とカルロ・ギンズブルクが「手がかり」という論文で明らかにした（エーコ＆シービオク編『三人の記号』所収）。だが、ゴールトンが測定の対象とするのは、身体の外側の大きさだけではない。視力や肺活量や握力といった外からの計測だけではわからない数値も含まれるのである。

『四つの署名』で物事を測定するのはホームズにとどまらない。バーソロミューがポンディシェリ荘内の「アグラの財宝」の隠し場所を発見するのにこの技術が役立った。父親が建てた屋敷を一インチごと測って容積を割り出し、高さ四フィート分の隙間があると見つけ出したのである（第四章）。精密な測定により隠された空間をあぶり出すのに成功した。バーソロミューが測定することへ関心をもっていたのは、殺害された現場が自宅の化学実験室で、試験管やレトルトの脇で死亡していた事実からもわかる。ホームズとバーソロミューはどちらもアマチュア化学者であり、測ることが好きだったのである。

しかも、ホームズは測定結果を処理する統計学への関心も高く、集団としてみると「個人はさまざまだが、パーセンテージは一定している」とみなす説を信奉していた（第十章）。指紋や測定の意義を説くゴールトンは統計学者であり、「標準偏差」などの言葉を作り出した人物でもある。平均から逸脱した存在をいち早く見出すために統計は有効であった。大英帝国がこのような統計学を必要とした現場のひとつが、「公衆衛生」などの医療現場だった。それはホームズだけでなくワトスンとも大きく関係する。そもそも『緋色の研究』で、外科医であるワトスンがインドで腸チフスにかかった際に、病室に隔離されて治療できたのも、伝染病等に関する医療改革の恩恵を受けていたからだ。

医療上の変化をもたらしたのが、ホームズが小さい頃に起きていたはずのクリミア戦争（一八五三─五六）だった。ロシアとの戦いで、オスマン帝国側に加担したイギリスは黒海のクリミア半島に出兵する。その戦場で傷病兵を看病したのが、有名なフロレンス・ナイチンゲールで、彼女はベル博士とも交流があった。「白衣の天使」と思われがちなナイチンゲールだが、現場での二年間の献身的な看護だけでなく、帰国後自費で看護学校を作り、実用的な論文や著作を発表し、イギリス統計学会の会員として認められた。

たとえば『野営地における調理の指南書』（一八六一）では、戦場での百人分のコーヒーの作り方や病院でのマトンのシチューの作り方を説明し、患者に食事を摂らせるときの注意点を書いている。また、統計を使い公衆衛生にも貢献した。『植民地の学校や病院における衛生統計』（一八六三）では、数多くの資料を使い、数値の不足などの統計上の不備を認めながらも、現地の子どもの健康状態などの統計数値から判断して「学校においては、教育的な考えがイギリス本国におけるより乏しく、より劣悪な身体的な結果を伴っていると思える」と結論づけている。

とりわけ、インド大反乱におけるイギリス兵や現地のインド人の劣悪な状況を知り、医療改革を推進した。そして、国内でのチフス患者の温床になっていた救貧院の改革を提唱したのだ。これが一八六七年の救貧法の実現につながったのである。その際に、ヴィクトリア女王を説得して権威を借りるため、円グラフ（パイチャート）を用いて視覚的なプレゼンテーションをしたことでも知られる。

こうしたナイチンゲールの働きは、インドでチフス患者だったワトスンや、義足となり、大反乱のさなかに殺人をおかしたとして囚人となったスモールの境遇に影響を与えている。彼らが「健康」な状態でイギリス本土に帰れたのは、ナイチンゲールたちの医療改革のおかげでもあるのだ。しかも、救貧法にもかかわらず、あまり救済されていないベイカー街非正規隊のホームレスの子どもたちが登場する。ホームズは仕事を与えて彼らを間接的に救ってはいる。だが、彼らが大人になったときにどのような生活を送れるのかは未知数のままだった。

全国でのメアリーのような女家庭教師の人数が把握できたように、十年に一回の国勢調査などの各種の測定結果が統計資料となり、社会全体の平均とそこからの逸脱を数値的につかまえられるようになった。犯罪捜査のためにホームズが片時も測定を忘れないのは、こうした統計資料作りに参加しているせいでもある。しかも、指紋が無数の組み合わせをもつことに注目するなら、現在の人間だけでなく、過去や未来の人間をも同定しデータとして管理できるのである。

【診察するワトスン】

ホームズが測定によって「事件（ケース）」としての犯罪をあぶり出していくのに対して、『四つの署名』には、ワトスンが「症例（ケース）」を判別し、診断を下す場面が出てくる。その際に、「生命徴候（ヴァイタル・サイン）」を読むことが必要となる。これは脈拍や呼吸や体温や血圧などの数値である。生死の判別ともつながるが、ホームズが扱う殺人事件では、あくまでも死体や非生命を測定するのに対して、ワトスンが測定し扱うのは生きている人間である。

サディアスの家を訪れたときに、ワトスンが医者だとわかると、いきなり僧帽弁の話を持ち出して診察を依頼する。サディアスは、心臓の僧帽弁と大動脈弁とを区別できるくらい身体の内部に関心をもっている。それは外と隔絶して自室に閉じこもり、「美のパトロン」として、水煙管を吸いながら絵画やオリエンタルな装飾に囲まれている姿に対応する。ワトスンはサディアスを診察して「異常なし」と判断を下すのだが、これはワトスンの外科医としての能力が試されていた。著者のドイルも、スティーヴンスンの叔父であるバルフォアに心臓に関して習っていたので割合得意な領域だったのである。

このエピソードは、メアリーの父親であるモースタン大尉の心臓が弱くて、ショルトー少佐のところへアグラの財宝の分け前を求めに来たとき、怒りのあまり発作で亡くなってしまったことと結びつく。ただし、この件に関して真偽は調査されなかったし、ショルトー少佐と執事のラル・チャウダーが隠したとする大尉の死体の行方について、娘のメアリーをはじめ誰も注意を払わないのである（果たしてきちんと墓に埋葬されたのであろうか）。

次にポンディシェリ荘でバーソロミューの死体を発見したときに、「臨床医学の教授」のようにホームズは説明をはじめる。死体になってしまうと「生命徴候」を見て診断する必要がないので、ホームズは安心して解説が出来るのだ。顔が笑っているように見える「痙笑（けいしょう）」は毒殺の印で、死後硬直の様子と異なると指摘され、ワトスンは「ストリキニーネのような物質」による毒殺だと判定する。さらにホームズがバーソロミューに刺さっていた毒矢を見せて毒の侵入経路を確かめる。銃でも剣でもなくて、バーソロミューが野の獣のように殺害されたことを明らかにするのだ。ここでの殺害に使われたのがアンダマン諸島の毒矢だとわかることで、文明が感じられる金属性の剣や銃ではない武器を使う、「野蛮人」がロンドンに入りこんだことが示されたのである。

だが、毒と薬とはその境界線がはっきりしないからこそ厄介なのである。ミステリー小説ではお馴染みの「ストリキニーネ」だが、十六世紀から強壮剤として使われてきた過去をもっている（ジョン・ティンブレル『毒物パラドックス』）。少量なら薬とみなされていた。そもそも予防接種のように、あえて毒物を少量体内に入れることで抵抗力をつけるやり方もある。ドイルは予防摂取支持派であり、だからこそ犯罪というかたちで野蛮が侵攻してくる小説を書くことができたのである。文字通り小さな悪としてのスモールたちが、大都会ロンドンに侵入しても、ホームズとワトスンが撃退することで、安全が守られたのだ。それはさらなる攻撃への備えとなるのだ。

英語の「ドラッグ」が薬と麻薬を指すように、両義性を帯びている厄介なものであり、小説の冒頭でワトスンが目撃するホームズが使用するコカインも含まれる。南米原産のコカから抽出され、当時は違法ではないが悪癖として非難されていた。ホームズの体調を心配する主治医でもあるワトスンはやめさせようとしていた。そのワトスンもワインの力を借りてようやく説教できたのだ。

興味深いのは、ホームズから「君もやってみるかい？」と誘われても、ワトスンは「アフガン戦争の後遺症が治っていないので、体に負担をかけたくない」と断っていることである（第一章）。文字通りにとると、ワトスンはコカインを原理的に否定しているのではなくて、自分の体調との関係で断っているにすぎない。確かにコカインの摂取そのものは、この時代には違法ではなかった。アメリカで一八八六年に製造開始されたコカ・コーラの成分にはコカインが含まれていたが、カフェインへと変更されたのは、一九〇六年の「純正食品・薬品法」に触れないための配慮だった。ホームズのコカイン依存は、二十世紀の使用禁止に至る過渡期の症例であったのだ。

ホームズが依存するコカインやモルヒネは、痛みを緩和する薬にもなるので合法とされていた。ブルゴーニュ産のボーヌ・ワインの力を借りてホームズにコカイン依存に関して意見したように（第一章）、どうやらワトスンの場合には、その手段がより合法的なアルコールの可能性が高い。サディアスも、メアリーにシャンティとかトーケイといった高級なワインを勧めてくる（第四章）。

もちろん飲酒も過度になると、ドイルの父親がその依存症により病院に入って孤独死をしたことでも知られるほどの社会問題となっていて、コントロールが必要とされるのは同じだった。そして『四つの署名』の途中でホームズがコカインを摂取する場面がないのは、起きた事件とその解決に忙しくて、渇望を感じなかったせいである。

両義性をもつからこそ、毒と薬の境界線をきちんと定めて、用法用量を守る必要がある。悪い使用例とされるのが、勝利をしたと浮かれて、セポイの反乱兵が太鼓を鳴らし、アヘンやインド大麻（ブバング）を使って騒いだことである（第十二章）。まるで、麻薬に溺れる油断が敗北につながった、と読めるように書かれている。これは戦場で兵士の間に蔓延する麻薬として、現在までつながる課題となっている。軍隊からすると軍人の死の恐怖を抑えるための「薬」が、厭戦気分をもたらす「毒」ともなるのだ。

もうひとつは「ニセ薬」の氾濫だった。こちらは、健康不安にかられるサディアスが自分が使っている薬の成分をワトスンに相談するなかで出てくる。しかも、ワトスンはアグラの財宝の金額五十万ポンドやその半分がメアリーに行ってしまう話を聞いて、上の空の状態でサディアスに忠告していた。そして、安全なひまし油を二滴以上飲むなとか、逆に毒にもなるストリキニーネを鎮静剤だとして大量に摂ることを勧めた（第四章）。

明らかに医者にあるまじき態度だが、ワトスンのような診察して治療する者にとり、モルヒネなどの麻薬は手術などのときの麻酔薬にもなる。トンガの毒矢に使われているのは「ストリキニーネのような毒物」（第六章）だったが、それさえ毒と薬の両義性をもつので、扱いには慎重さが求められた。それは、社会にとって劇薬のような能力をもつホームズを、どのようにコントロールするのかというワトスンの課題ともなる。傲慢さやエリート意識をむき出しにしたホームズはそのままでは社会に受け入れられない一種の「劇薬」である。そこで、クッションであり仲介者となるワトスンが必要となるのだ。

ホームズがコカインに溺れてベイカー街二二一Bに閉じ籠もっている状況は、迷宮入りしそうな難事件が存在していない証でもある。名探偵が暇なほど、社会には迷宮入りしそうな凶悪事件もなくて平和だ、という逆説がそこにある。ただし、『ストランド』誌の読者は、コカイン依存症のように毎月ホームズ物語を読むことを渇望し、ドイルは医者として読者に優良な作品を処方しなくてはならなかったのである。

【二組の友情】

測定をして「事件」を追いかけるホームズと、診断をして「症例」を追いかけるワトスンのコンビは、『緋色の研究』と『四つの署名』と続いて終わりを告げる。ホームズ物語の中断としては、モリアーティ教授とともにホームズはライヘンバッハの滝に落ちた「最後の事件」（『回想』）が有名だが、それ以前に、ワトスンとメアリーとの結婚によって同居生活は終わりを告げる。けれども『シャーロック・ホームズの冒険』では、お互いの家を訪問することでコンビは続くのである。二人の同居は、家賃を折半する実利以上の価値をもつので、メアリーの姿も消えて、いつしか死んだことになり、同居生活がなし崩し的に復活する。そこでのホームズとワトスンに、友情以上の同性愛的な関係を読みこむ議論もあれば、あるいは逆に友情にすぎないとして否定する意見もあった。

十九世紀末のダンディズムを探る山田勝は、『孤高のダンディズム』（一九九一）のなかで、ホームズの女嫌いの背景に「男色疑惑」とりわけ「稚児趣味」の存在を検討した。ベイカー街のホームレスの子どもたちへのホームズの態度がそうした性癖を連想させるのだが、結局はトビーのような犬と同じ扱いだとして、山田は同性愛説を退ける。また、シャーロキアンで贋作ホームズの作者であるジューン・トムスンは架空伝記である『ホームズとワトスン　友情の研究』（一九九五）のプロローグで、「唇のねじれた男」で一緒にダブルベッドを使用したことなどがあるが、同性愛とは信じないと否定している。

今では明確にクイア・リーディングをおこなうとか、「ブロマンス（ブラザー＋ロマンス）」を読みこんで、二人の関係を対象にした議論も珍しくない（上田麻由子「荚のなかで微笑む物語たち」）。とりわけ、オスカー・ワイルドとの間接的な関係をもつ『四つの署名』はそうした期待に応じる作品に思える。だがむしろ、この作品でのホームズとワトスンには、女性嫌悪や同性愛嫌悪に基づく「男どうしの絆」が描き出されていると考えたほうがよい。

はっきりと表わされているのが、ハドスン夫人を一切関与させずに、ホームズ自身が料理をして、ワトスンとジョーンズ警部が食卓を囲む場面である（第九章）。そこには男たちだけで会食することがもたらす快楽が描かれていた。ホームズが自らカキとつがいのライチョウを料理して、白ワインとともに三人で食すのである。その席では、中世の聖書劇やヴァイオリンや陶器や未来の軍艦といった男女のロマンスが入らない話題が繰り広げられる。どの話題も男どうしで盛り上がり知識の量を競うことができる「オタク趣味」の世界なのだ。

しかも、この会食はワトスンが結婚に至る前に開かれた「独身男たちのパーティ」でもあった。ひょっとすると、ジョーンズ警部は既婚者かもしれないが、そうであったらなおさらワトスンの独身最後の夜を共に祝う役を与えられていた。ホームズとワトスンの同居生活を壊すのが、メアリーの依頼を受けてホームズがおこなった推理であるのは皮肉である。ホームズが事件の核心に近づくほどに、ワトスンは離れていくわけなのだから。

ただし、『四つの署名』には、もう一組の友情と別れが描かれているのを忘れてはいけない。二組の友情が相互に絡み合っている点に、この小説の構造的な力強さがある。ホームズとワトスンの友情に対して、脇筋としてスモールとトンガとの間の友情関係が配置されているのだ。

すでに指摘したように、スモールとワトスンの間にインドでの軍隊生活と足の負傷によるその失敗という奇妙な並行関係が存在していた。しかも、スモールは、ブレア島で軍医の助手として働き、たまま連れてこられたトンガを治療したことで友情あるいは主従関係を結ぶのである。医療行為が二人を結びつけているのだ。

スモールはトンガの言葉を少し覚え、島から逃げ出すときに食べ物やボートを用意するなどの手助けをしてもらう。しかも、ロンドンでは二人の生活を支えるために、トンガは見世物の対象となって、生肉を食べて「人食い人種」を演じるのだ。義足の囚人であるスモールと、他のインド人から低く見られるアンダマン島の先住民トンガの関係は、それぞれがイギリス社会とインド社会の底辺をなす者どうしの友情でもあった。

ところが最後にホームズとワトスンがトンガを倒したことで、言葉もあまり通じないままに成立した、人種や民族を越えたつながりの可能性が消え去ってしまった。イギリスのブリテン島は、ウスター州生まれのスモールには故郷だろうが、トンガにとってはあくまでも外国の土地だった。トンガが異国での生活を続ける支えとなったのが、スモールとの友情だったのである。

宝物を手に二人で南米へと逃げて生活するという未来は、ホームズとワトスンのコンビが追いかけてきたせいで消失した。そうすると、鉄の宝箱が空っぽであるという空虚さは、追跡されて自暴自棄になったスモールの復讐心の表われだけでなく、トンガとの友情が潰えたスモールの気持ちを代弁してもいるのだ。

【ホームズとワトスンの共生】

『緋色の研究』と『四つの署名』とでおこなわれたのは、ワトスンが劇物ともいえる超人的なホームズとどのような関係を構築するかの模索だった。その関係の手がかりが、ドイルがベル博士にあてた手紙のなかで使った「バベッジの計算機械」であろう。そしてワトスンが「自動機械（オートマタ）、計算機」とホームズを呼んだのも重要である（第二章）。これは比喩ではなくて、字義的にとらえることができる。

症例を読むという共通項をもった探偵と医師のコンビだが、ワトスンの役割のひとつは、ホームズが仮説を修正するために間違える者だということだ。これは後に『バスカヴィル家の犬』（一九〇二）でしめされる。冒頭でホームズはワトスンに推理をさせて、五十点とか七十五点と点数をつけて、最後には外れていることを明らかにする。ホームズの考えた仮説がもつ選択肢の間違いをあらかじめ潰すのが、ワトスンやジョーンズ警部などの役目となる。彼らの失敗によってすでに道が塞がれた方向に、ホームズがわざわざ踏み入れる必要はないのである。

こうしてワトスンの考えや推理が、たとえ負の形であっても、ホームズにフィードバックされる。

ホームズが、「実利的に役立つ」という言い方でメアリーに対する判断を変えたのもその成果だろう。原理的には、精密な科学の産物であるホームズは、手に入れた結果を考慮して、次の新しい仮説を作るのだ。ホームズが見聞きし参照したものはすべてデータとなり、「事件」や「症例」として整理され、今後の判断の資料となる。仮説もそれに基づいて修正されていくのである。

『四つの署名』で示されていることを敷衍するならば、ホームズとワトスンとの関係は、「エキスパートマシン」と呼ばれる専門に特化した機械やプログラムとつきあう現代人の姿につながる。もちろん、さらに高度な計算機械として、政府のために働いているホームズの兄のマイクロフトがいる。

もちろん、高度に政治的な問題に特化した国家レヴェルの働きをするマイクロフトとワトスンが直接接触することはほとんどない。マイクロフトが担うのは、国家や政府を動かす基幹部分であるからだ。SF作家のロバート・A・ハインラインが書いた『月は無慈悲な夜の女王』(一九六六)で、主人公である技師のマニーが、自分が修理を担当する月世界政府のコンピューターネットワークを「マイクロフト」と名づけたのは当然の判断なのである。政府を動かすのに重要なのは、シャーロックの働きではない。

政治的なマイクロフトに対して、弟のシャーロックのほうは、いわば民生用の「エキスパートマシン」である。医者であるワトスンと同じく、人間相手のインターフェイスをもち、扱う事件の依頼者も王侯貴族から知り合いの守衛まで幅があるのだ。ホームズが能力を発揮するのは、依頼人の身分や支払う料金によるのではなくて、自分の関心というフィルターに基づいて選んだものへの機械的な対応なのだ。それがワトスンに「非人情」と呼ばれる一側面である。

一般にホームズとワトスンの「友情」とみなされる関係が重要となってくるのは、カーライルが「時代の印」で嫌悪していた産業社会の変化の帰結なのである。家庭内にまで情報ネットワークが入りこんでいる現在では、ますます二人の関係がリアリティをもってくる。しかも、『四つの署名』では、ワトスンとメアリーのような男女の関係はもちろん、スモールとトンガの男どうしの友情、メアリーとフォレスター夫人の女どうしの友情、双子たちの愛憎や、ホームズとホームレスの子どもや犬との関係まで多数が描き出されていた。多種多様な人間関係が、ロンドンという社会空間を形作っているし、その間に序列をつけることがなくなってきた。

そのため、そうした人間関係の外にいるように見え、しかも推理をする論理機械であるホームズは、すべての事象に対して冷静で平等な判断を下せる。二十一世紀の視点から考えると、従来、人間、それも男どうしの「友情」とみなされてきたホームズとワトスンの関係は、機械と人間、あるいはシステムと人間との動的な「共生」と考えたほうがわかりやすい。つまり、ホームズとワトスンの共同生活を、単なる個人どうしではなく、種を超えたものの共生とみなすことで、ホームズ物語への理解がさらに深まるはずである。

あらかじめホームズやワトスンが確固としたキャラクターとして存在するのではなくて、事件を通じた両者の関係の進展によって、二人の特徴が目に見える形で表われてくる。それがホームズ物語を読む楽しみとなっている。そして、共生関係を重要視したドイルの設定のおかげで、後続の贋作やパロディや模倣作の作者たちは、ホームズやワトスンをキャラクター化して、男女やさまざまな人種や民族、さらには犬や猫に置きかえても、物語を成立させられるのだ。それこそがホームズ物語が他のミステリー小説による追随を許さないところでもある。

第❸部 『四つの署名』の位置づけ

第7章　ホームズ物語の完成へ

この章では、『四つの署名』が、ミステリーの歴史の流れやホームズ作品内でどのような位置づけとなるのかを考える。ドイルは過去の傑作をうまく咀嚼して独自の味つけをしたのである。しかも、ホームズ物語が『緋色の研究』、『四つの署名』、『シャーロック・ホームズの冒険』と三つの異なる媒体に掲載されていくなかで、現在知られるシャーロック・ホームズのフォーマットが形成されたのである。

※警告。以下では古典的な作品として、ポーの「モルグ街の殺人」の犯人とトリックのネタバレをしています。

1　『四つの署名』を作り上げたもの

【フランスの先人たち】

どのような優れた才能であっても、無から傑作を生み出すことはできない。ドイルの場合も同じである。読書体験を語った『魔法の扉を通って』（一九〇五）を読むと、歴史書、科学書、日記、詩、小説、評論などの幅広い読書体験が、ホームズ物語を支えていることがわかる。なかでも、ドイル自身の名字がフランス由来でもあり、ホームズの祖母が「芸術家のヴェルネの妹」であると潜ませたように、フランスとの関係が大きいのである。

ホームズのモデルとなったジョー・ベル博士は、どうやらミステリー小説ファンだったらしい。「シャーロック・ホームズ氏」のオリジナル版では、「ヴォルテールのザディーグ」の名前をあげていた。これはヴォルテールが『ザディーグまたは運命』（一七四七）で活躍させた東洋風物語に出てくる主人公である。イスラム教徒であるザディーグの事績を語るという体裁で、皮肉たっぷりの話が並べられていた。

なかでも「犬と馬」というエピソードでは、女王の犬と馬とが行方不明になって、それを探している宦官に質問されて、ザディーグは一度も見たこともないのに、足跡などから犬と馬の姿を再現してみせた。描写があまりに適切だったので、盗みの疑いで捕らえられ、裁判で罰金まで払わされた。別なところから犬と馬が出てきたので疑惑が晴れるが、裁判の手数料として大半の罰金が没収されてしまう。そこで知識を使うと損をするという教訓をザディーグは得る。このときに、足跡や腹を引きずった跡などから行方を推理したザディーグの方法が、おそらくベル博士も含めて、多くの人々にヒントを与えたのである。

ヴォルテールの次に、実録物として、犯罪者からフランス警察の創始者となったフランソワ・ヴィドックによる『回想録』（一八二七）を忘れるわけにはいかない。ヴィドックに関するドイルの言及は見当たらない。けれども、ポーのデュパンはヴィドックの回想録に基づいているし、「モルグ街の殺人」（一八四一）で名前もあがっていたので知らないはずはない。

ただし、デュパンはヴィドックを「推論がとくいで、根気強い」とほめながらも、「考えに教養がたりなく」全体を見る能力が欠けているので、捜査に失敗していると批判していた。先人を否定することなしには独自路線を提唱できないが、デュパンも例外ではなかった。そして、歴史を繰り返すように、今度はホームズがデュパンをけなすのである。

ヴィドックの回想録といえば、ジェイムズ・ジョイスが書いた短編小説集の『ダブリナーズ』(一九一四)の一編「アラビー」に、主人公の少年が大切にしている三冊のひとつとして出てくる。閉塞感に満ちたカトリックの学校に通う主人公にとり、犯罪と冒険に満ちた話は息抜きとなっていた。しかも、T・S・エリオットと並ぶモダニズム文学の大家であるジョイスは、ホームズ物語を愛読し暗唱していたことでも知られる(ヒュー・ケナー『ダブリンのジョイス』)。当然ながら代表作の『ユリシーズ』(一九二二)には、シャーロック・ホームズの名前がさりげなく載っているだけでなく、主人公のブルームが借りた本としてドイルの『スターク・マンロー書簡集』を選んでオマージュを捧げている。ヴィドックの回想録とホームズ物語とが、ジョイスが愛した本であることを物語っていた。

『緋色の研究』で名前があがっていた名探偵は、デュパンとルコックの二人だった。ルコック探偵が姿を見せるエミール・ガボリオの『ルルージュ事件』は長編ミステリー小説の最初とされ、一八六六年に発表された。『緋色の研究』で、ワトスンがデュパンの名前をあげると、ホームズは、デュパンはやり方が派手なだけで無能と決めつけ、ルコックはへまばかりして時間がかかりすぎると言う。ホームズならば、どちらももっと短い時間で解決できるというわけだ。だが、ドイルの自伝によると、デュパンは見事な探偵だとして、子ども時代のヒーローだったし、ガボリオのプロットをぴったりとはめこむ技を評価していた(『思い出と冒険』)のである。ドイルは双方を継承しようと考えていた。

とりわけ『ルコック探偵』(一八六九)が、第二部を過去の回想にあてていたことで、長編ミステリー小説を書くときに、ドイルはこの構成を守ろうとした。『緋色の研究』の第二部は、いきなりワトスンの回想を離れて三人称の視点で始まるので読者に違和感を与えるのだが、こうしたガボリオの規範に縛られてもいた。そして『四つの署名』で、最後のスモールの回想場面が他とは異なる長い章となったのも、この構成の影響なのである。もっとも、これはポーの「モルグ街の殺人」の犯人側の証言によって裏づけるというやり方を長編として分量を増しただけともいえるが。

現在ガボリオの作品は、ポーに比べると馴染みが薄いが、黒岩涙香の翻案小説によってすでに日本に入ってきていた。ルコックが最初に登場した『ルルージュ事件』も、『裁判小説　人耶鬼耶（ひとかおにか）』と題されて一八八八年に出版された。まさに『緋色の研究』と同時代の発表であった。人名もコマランが「小森」、ルコックが「烟六」となり、セーヌ川は「瀬音川」と変換されていた。涙香の序文によると、西洋小説を読む場合の障害を減らすのが目的だという。新聞の売上をのばすために、翻案小説を次々と書いた涙香の対象となったのは、ガボリオにとどまらない。そして翻案小説の『幽霊塔』や『鉄仮面』のように、江戸川乱歩など後世の作家に影響を与えたものも多い（小森健太朗『英文学の地下水脈』）。

ただし、ガボリオを寄り道のように考えて、ポーとドイルを直結して英米中心にミステリーが発達したとする見方に、フランス文学者の小倉孝誠は異議を申し立てている。ヴィドックに発して、ガボリオを経て、怪盗ルパン（リュパン）に至る系譜こそが推理小説の源流なのだと主張する（『推理小説の源流——ガボリオからルブランへ』）。小倉によると、ポーもドイルもフランス小説の模倣にすぎないわけである。第二帝政期のオスマンによるパリ大改造がもたらした公衆衛生と犯罪一掃をかかげた都市空間の変化が、ガボリオなどの作品の背景にある。だが、パリとロンドンでは、ミステリーの舞台としての都市と近郊の意味合いがかなり異なるのも確かなのである。

【ドイルに盗まれたポー】

フランス勢とともに、ドイルに直接の影響を与えたのが、もちろんエドガー・アラン・ポーである。ポーによる「モルグ街の殺人」（一八四一）以降のミステリー小説であることは間違いない。ポーはフランス人ではないが、デュパン物の舞台はパリで、ボードレールの翻訳を通じてフランス内に広がった。ガボリオは、ボードレールが翻訳したポーの小説に影響を受けてルコック物を書いたわけで、ドイルはいわば本家と弟子の二人に影響されたのである。

ポーのデュパン物は三作あるが、趣向はそれぞれ異なる。密室物の「モルグ街の殺人」、手紙の行方を探す「盗まれた手紙」（一八四五）、運河に浮いた死体の事件を扱う「マリー・ロジェの謎」（一八四二―四三）となる。とりわけ最後の作品は、実際にアメリカでおきて捜査の渦中にあった事件を、舞台をフランスに置き換えて推理するという離れ業に挑戦したものである。ポーの推理そのものは外れたのだが、現実の事件とミステリー作家とのかかわり合いを考えさせる作品となった。さらに暗号物の「黄金虫」（一八四三）を加えると、異なる味わいがそれぞれ楽しめる。

ポーがしめしたこの多様性が、後世のミステリー小説家たちを苦しめることにもなった。ポーは他にホラーやゴシックやSFの味わいをもつ多彩なジャンルの短編小説を書いたのだが、ミステリー小説専門となると、作家は毎回新しいネタやプロットを考えつかないといけないのである。ドイルがホームズ物を書きたくない理由のひとつが、短編小説一作を書くのに、中編小説くらいの独創的なプロットが必要となる点だった（ノウン『シャーロック・ホームズの光と影』）。しかも月刊で連載するためには、半年分の六作あるいは一年分の十二作を書き上げなくてはならない。一作ごとに通常以上の観察力を発揮し、精神を集中させる必要があった。労力のわりに報われない仕事だったのである。

「モルグ街の殺人」では、冒頭に「分析」や推理の方法論に関する話が出てくる。この箇所をドイルはそのまま模倣した。そのため『緋色の研究』と『四つの署名』に「推理学」の説明が入った。しかも、ポーの語り手がデュパンの推理に感心したように、ワトスンはホームズの推理に感心する。デュパンは語り手の主人公といっしょに歩いた十五分の間に、ぶつかりそうになった「果物屋」から「喜劇役者のシャンティリ」にいたった語り手の観念連合をたどってみせる。この際にデュパンがすぐに結論を教えない、とホームズは批難するが、こうしたデュパンが語り手の連想をあばいた推理方法をホームズ自身も使っているのだ（「ボール箱事件」と「踊る人形」）。短いデュパンの推理は本編のモルグ街の殺人の謎解きの予行演習となっている。

このポーのやり方をまねて、『緋色の研究』でホームズは、家を訪れてきた手紙を配達してきた男が元海兵隊員だと推理する。そして、『四つの署名』ではワトスンの兄の時計から過去をあばくエピソードとなっている。読者はまずワトスンと共にホームズの能力の予行演習を見届け、それから本編の推理を楽しむ。このあたりの導入にドイルが苦心したのかもしれない。しかも短編小説になると、ワトスンではなくて依頼人に直接こうした予行演習をしてみせることで、ホームズは信頼を得るのだ。

デュパンの推理方法以外に、そもそもポーがパリを舞台にしたこと自体から、ドイルがヒントを貰った可能性がある。「モルグ街の殺人」のフランス文学への影響を論じたアンドレア・グーレは、ポーの小説がローカルなものでありながら「グローバル化したフランス」を語っていたとみなす（『モルグ街の遺産』）。パリのささやかな殺人事件が、ボルネオなど海外の文物と結びついていくのである。

こうした手法をポーからドイルが学んで、国際都市パリをロンドンへと置き換えたのである。『緋色の研究』は、旧植民地であるアメリカとの関係となり、『四つの署名』はインドとの関係になった。しかも、「野蛮」なアンダマン諸島から来た殺人犯トンガは、「モルグ街の殺人」で「野蛮」なボルネオから来たオランウータンと役割は同じなのである。ホームズは地名辞典をもちだしたが、デュパンは解剖学者のキュヴィエの本の「東インド諸島」に生息する大ザルの話をもちだすことで犯人を特定する。

ホームズたちはピストルを使用して、会話を交わすこともなくトンガを葬り去ったが、デュパンも真犯人と会話することは原理的に不可能だった。ただ、オランウータンは人間ではないので、罰されることはなく、動物園へと引き取られただけですんだ。そして、飼い主も殺人犯として処罰されることはないのである。

またバーソロミュー殺害の密室のトリックそのものが、「モルグ街の殺人」を模倣していたのである。そのためトリックの観点からするならば、作品の評価が高くならないのも無理はないかもしれない。だが、名探偵の推理により犯人が罪を認めるのではなくて、追跡劇で終わらせるのが今回の主眼となっていた。

このようにドイルは『四つの署名』では、『緋色の研究』以上にポーの「モルグ街の殺人」を換骨奪胎して話を組み立てている。そのことが、短編小説の連作では何をすべきかを整理することにつながったのだ。爆発的な人気こそ出なかったかもしれないが、長編二作を経由したことは、ホームズ物語にとって無駄だったわけではない。

【イギリス作家の伝統】

もちろん、ポーやフランス関係だけがホームズ物語を作り上げたわけではない。アメリカで活躍していたポーが意識していた大西洋の向こう側のイギリスで活躍する作家がチャールズ・ディケンズだった。実際には一八〇九年生まれのポーのほうが、ディケンズより三歳年上だったが、『バーナービー・ラッジ』（一八四〇―四一）をめぐって、連載の早々に評論でポーが犯人を指摘した事件が有名である。ポーは分析的な能力を使って、犯人とトリックを当ててしまった。その後四一年に「モルグ街の殺人」を発表している。ディケンズは四二年のアメリカ講演旅行でポーと一夜を過ごしているが、そこでの会話の中身は記録されていない。

ディケンズは、新聞記者として活躍していたおかげで、警察の知り合いが多かった。『荒涼館』（一八五二―五三）では、バケット警部という人物を導入した。遺産相続をめぐる「ジャーンディス対ジャーンディス」の延々と続く裁判を背景にして、デッドロック准男爵夫人の出生の秘密をめぐって、暗躍する弁護士が殺されたり、バケット警部による捜査が進むのである。『荒涼館』では、エスタという語り手による一人称のパートと、三人称の客観的な語りのパートが交互に登場する。複数の視点を取りこんだ長編小説のお手本ともなった。これが『緋色の研究』の第二部で三人称をもちだせる根拠ともなっている。

『荒涼館』では、医学が推理と結びつく様子も描かれている。外科医のウッドコートが、通りすがりの怪我をした女性を手当しながら「あなたの夫はレンガ造りの職人じゃないかね」と指摘する。驚く女性に、そのように推理した理由は、色々な粘土が服に着いていること、職人はレンガ造りを家でやり、しばしば妻に暴力を振るうと答える。彼は家庭内暴力が怪我の原因とまで推測するのだ。ウッドコートの推理がベル博士などにつながるものであるのは間違いない。そしてジャーンディス裁判がようやく結審したと思ったら、これまでにかかった裁判費用で争っていた遺産は失われてしまった。これなども、まさに『四つの署名』の空っぽの宝箱のイメージなのである。

ディケンズの『荒涼館』とともにドイルに影響を与えたのは、ディケンズが主催する雑誌に連載されたウィルキー・コリンズの『月長石』（一八六八）だった（オックスフォード版解説）。イギリスの最初の長編ミステリー小説と評されることもある。

インドからハーンカスル大佐が略奪してきたダイアモンド「月長石」をめぐる話である。一七九九年に盗まれた月長石が、姪に譲られたあと、一八四八年に屋敷内で錠のないインド製の箱のなかから消失した。それに関連して死者も出て、犯人と手口に関して推理が進んでいく。ダイアモンドを取り戻すために、三人のバラモンのインド人の姿が屋敷の内外にちらついたり、アヘンチンキの効果によって一年前の行動を再現するといった「科学的実験」がおこなわれたりする。こうした点がドイルに大きなヒントを与えたはずである。

しかも『月長石』が書かれた理由のひとつは、『四つの署名』も背景としたインドの大反乱だった。この事件は、コリンズの作品も含めた一八六〇年から八〇年にかけて流行したセンセーション小説というジャンルに大きなインパクトを与えた（サヴェリオ・トマイウオーロ「センセーション小説、帝国、インド大反乱」）。『月長石』のように直接インドと結びつけなくても、メアリー・ブラッドンの『レディ・オードリーの秘密』（一八六二）のように家庭内の秘密とオーストラリアとを関係させるといった想像力をかきたてたのだ。イギリス国内と外の植民地との不安が直結するという恐怖である。

『月長石』では、真相を部分的に知る人物が、語り手の役を次々と交代するが、とりわけ『ロビンソン・クルーソー』をたえず参照する年老いた執事のベタレッジがいちばん印象に残る。そもそも植民地主義的な冒険を基軸としていた『ロビンソン・クルーソー』は、十九世紀においても行動の指針として有効だったのだ。こうしたコリンズの影響を受けたドイルが、『四つの署名』でインド人とインドの財宝を持ち出してきても不思議ではなかった。

さらに重要なのは、R・L・スティーヴンスンからの影響である。ドイルはスコットランドの先輩作家としてスティーヴンスンを尊敬していたし、「スティーヴンスン氏の小説の方法」という評論を『四つの署名』が出た一八九〇年に書いている。『プリンス・オットー』への序文を目指しながら、『ジーキル博士とハイド氏』をはじめとする数多くの作品に言及しながら特徴を分析している。出版される小説の大半が愛とか恋のなかで、冒険的な小説を書き続けていることを称賛していた。そして、「読者にとり憑くぞっとする悪夢のような場面があること」とか、形容詞や直喩の使い方がすぐれているとか、「＊＊＊と、彼は言った」などの語り手に読者の注意を向ける表現を適切に利用していると、スティーヴンスンの小説作法を綿密に解析している。ドイルは鋭い観察眼を働かせ、スティーヴンスンが使用した技法を自作に効果的に取りこんだことがわかる。

しかも、こうした後続の作家による先人の分析は次々と繰り返されるのだ。グレアム・グリーンはドイルの作品を読みながら、余白にメモや書きこみを加えて、注意点を自分の作品に活かしたのである（ジョン・J・ライブラリー・ブログ「グレアム・グリーンとシャーロック・ホームズ」）。ホームズが相手の袖口から職業を分析する箇所などにグリーンが興味をもっていたとわかる。映画『第三の男』（一九四九）の脚本で知られるグリーンは、熱烈なドイルファンであり、一九七五年出版の『四つの署名』のパン・ブックス版に序文を寄せたほどである。

ドイルの評論によると、『緋色の研究』でモルモン教徒を扱ったのも、スティーヴンスン夫妻による『ザ・ダイナマイター』（一八八五）という短編集で扱われていたからである。それに「続・新アラビア夜話」と副題が付けられていたのは、『新アラビア夜話』（一八八二）に登場したボヘミアのフロリゼル王子とジェラルディン大佐が活躍するからだ。この二人の組み合わせはホームズとワトスンを思わせるし、『新アラビア夜話』の第二編の「藩主のダイアモンド」の話は、インドから来た藩主のダイアモンドが引き起こす騒動を描いていた。フリゼルダ王子はセーヌ川に災いの元となる藩主のダイアモンドを捨てたが、スモールはダイアモンドの「ムガール大帝」をテムズ川に捨てたのである。そして、『宝島』（一八八三）に出てきたフリント船長の財宝を隠した宝島の地図がアグラ砦の地図に、片足のジョン・シルヴァーがジョナサン・スモールに転移したのだ。頭文字はどちらも「J・S」である。

このようにドイルは、ポーとフランス系作家たち、さらにイギリスの先行するディケンズ、コリンズ、スティーヴンスンなどの遺産を継承しながら、自分のホームズ物語の語り口を作り上げていった。ミステリー小説の範疇に入る作品だけではなく、さまざまなジャンルの技法やアイデアを自作に取りこんだのである。とはいえ、ドイル本人がホームズ物語を自家薬籠中のものとするには、二冊の長編と一冊の短編集の苦闘が必要だったのである。

2　ホームズ物語の完成へ

【『緋色の研究』が登場する】

ホームズ物の第一作となる『緋色の研究』が掲載されたのは、一八八七年の『ビートンズ・クリスマス・アニュアル』だった。アニュアルは「年鑑」とか「年刊」と訳されるが、一八六〇年から年に一回クリスマス前に発行された雑誌である。当時はクリスマス休暇での読書の楽しみのために販売されていた。とりわけ一八七〇年の教育法によって、識字率が高まるのを見越して、子ども向けの雑誌が発刊され、『ザ・ボーイズ・オウン・アニュアル』とか『ザ・ガールズ・オウン・アニュアル』などがあった。いずれも発行は年一回なので「マニュアル」と呼ばれた。

タイトルのビートンとは、創刊者である出版業者のサミュエル・ビートンのことである。『ビートンズ・クリスマス・アニュアル』も、当初はクリスマス関連の話を掲載し、挿絵を多用したわかりやすさに定評があった。そしてチョーサーの『カンタベリー物語』の現代版を一八六九年号に載せ、センセーション小説のパロディなども掲載した。

ところが、一八七四年にビートンが手を引いて、ワード・ロック社が編集発行するようになった。しかもビートン本人は二年後に亡くなったので、雑誌に名前だけが残ったのである。それ以降は目玉となる特集が組まれて話題作が掲載された。たとえば、一八八〇年号は、「幸福の島」と題されて、ＳＦやファンタジー小説が並び、ヘンリー・ファースによる「来るべきもの」と題された今後四百年にわたる発明に関して述べた小説が目玉となった（マイク・アシュリー『タイム・マシーンズ』）。

ドイルの『緋色の研究』が掲載された一八八七年号の目玉はやはりこの小説なのだが、他に二本の笑える劇が載っている。どうやら分量としてもドイルの小説だけでは足りないとみなされたのだろう。

その劇のひとつであるＲ・アンドレの「火薬の餌」というタイトルは、シェイクスピアの『ヘンリー四世・第二部』にでてくる兵隊のリクルート場面で「あいつらは火薬の餌だ」という台詞に由来する。二幕からなるフランスのロシア遠征を舞台にした兵隊もので、主人公のミシェルが出征するまでと、二年後に無事帰ってきてからを描く。その間に恋人に子どもが生まれ、ミシェルの妹をねらう上官と、最初から放浪者として登場していた彼女の恋人との戦いもある。他愛もないが、既存の音楽や歌をうまくはめこんでいた。ドイルが一読して、自分ならもっと秀逸な作品が書けると感じて、ナポレオン戦争を舞台にした「准将ジェラール」ものを書いたとしても不思議ではない。

もうひとつの劇がC・J・ハミルトンの「四葉のシャムロック」である。タイトルのシャムロックはアイルランドを象徴する草の葉だが、クローバーと混同され、幸運を願う意味がかけられている。アイルランドの地主の一家の地所や財産がすべて抵当に入っていて、一人娘のローズが、金をちらつかせるキルガバン卿に狙われている。そこに自転車ならぬ三輪車に乗って、観光ガイドを片手に名所を回るT・Tという女性が登場して、キルガバンは貴族本人ではなくてかつらを被った使用人だとあばく。

結婚の行方を左右する指輪が、じつは宝のありかを隠す紙を隠していて、それによって壁のなかの宝を発見して、金持ちとなったローズは恋人のヒューと結ばれるのだ。そして、「廃墟が性格に及ぼす影響」とか「アイルランドの変人」となんでも記事のネタにするT・Tが、これからアイルランド小説を書くと言いながら去っていく。アイルランドをしめす「四葉のシャムロック」がドイルを刺激して、アゴラ砦の壁に隠した宝を探す『四つの署名』を思いつかせたと想像したくなる。

どちらの劇も、クリスマスでも上演できそうな喜劇だったが、挿絵もたっぷりとつき、あくまでも読むための作品である。そして、最後にある「賢者のための言葉」という記事は、ストーリー仕立てで、じつは雑誌に掲載されている広告の品物を詳しく説明して購買意欲をかきたてる内容だった。現在なら記事広告とかステルスマーケティングと呼ばれるものに近い。さすがに目次に記載はないので、当時としても広告の一環とみなされていたのだろう。

たとえば、「フライズ・ココア・アンド・チョコレート」の話が出てくると、それは広告ページの三ページ目に掲載された「フライのココア」の宣伝とつながっている。詳しくはリンク先に飛べというわけだ。これは要するにインスタントのココア粉末である。その宣伝文句には「エディンバラとリバプールの博覧会で金賞を獲得」とある。さしずめ、現代のお墨付きを与える「モンドセレクション金賞受賞」などの先駆けだろう。そして「新しい特別な科学的な製法により、極上の溶けやすさを保ち、ココアの最良の香りをかきたてる」と謳い文句がある。ホームズも愛用する「科学的」という宣伝文句がとりわけ光っている。

しかも、四人の医学博士がココアへの推薦の言葉を寄せて権威づけているのだ。ひょっとすると彼らが受け取った報酬は、患者がこなくてお金に困っている眼科医のドイル医学博士が、この『緋色の研究』で手にした二十五ポンドよりも多いのかもしれない。こうしたインスタントの粉末の広告としては、他にコーヒーやスープなどがある。そして、料理の時短のための方法があれこれと提案されていて、新式のオーブンの宣伝もあるのだ。

他に目につくのは薬などの健康関係で、アメリカから来た「糖衣錠」やハーブの薬が宣伝されている。肥満対策のレシピを教える本の広告では、「五フィート○インチなら、八ストーン（約五十キログラム）」のように身長と標準体重が一覧表になっていた。ホームズに代表されるような測定時代なので、数値がこれより越えたら肥満の印となるわけだ。これなどは現在の健康ＣＭそのままの内容である。また歯を白くするという薬は、サディアスの黄色い歯への批判とつながるかもしれない。ワトスンにサディアスが服用している薬の成分を相談するのも、じつに怪しげな薬の広告があるせいだとわかる。たとえば、「貧乏人の代替薬」を売り物にしている安価なものは、広告だけでもかなり危険な臭いがする。

また、毒といえば、『緋色の研究』でも『四つの署名』でも大事な役目をはたすが、ネズミやゴキブリを退治する毒薬は「失敗なし」という効能が謳われていた。致死量まで服用すれば、当然人間にも効くかもしれない。さらに、リア教授という人物が「観相術」を掲げて、写真や手相からあなたの性格を判断しますよ、と広告を出しているが、どれも、ドイルがすぐにも作品に応用できそうなアイデアに満ちている。富山太佳夫は、『ストランド』誌の記事がホームズ物語に反映された例をいくつも指摘していた（『シャーロック・ホームズの世紀末』）が、もちろん雑誌や新聞の記事だけでなく、広告も作品を生み出すヒントを与えてくれたのである。

【ビートン夫人のレシピ本】

『緋色の研究』を載せた『ビートンズ・クリスマス・アニュアル』も、『四つの署名』を掲載した『リピンコッツ』誌のイギリス版の版元もワード・ロック社だった。それがドイルに依頼が来た理由のひとつでもある。しかも、ビートンという名前が、意外な関連をもっているのだ。それは追跡劇の前夜に、ホームズがワトスンやジョーンズ警部にふるまったカキとライチョウの料理とのつながりである（第九章）。

ここでの料理の内容をシャーロキアンたちはあれこれと推測してきた。詳注版では、カキを揚げる「オイスター・スペシャル」と、ライチョウをベーコンで巻いて蒸し焼きにした「グラウス・ア・ラ・ホームズ」といった豪華な正餐のレシピが推定されていた。そもそも、ホームズがどれだけの数のレシピを頭に入れているのかは不明だし、ワトスンもホームズの料理の腕前のチェックをし忘れていた。

困ったときには出前（ケータリング）もありえる。「独身貴族」（『冒険』）では、豪華な夕食料理を二人の男が配達してきた。冷製のヤマシギ、キジの丸焼き、フォアグラのパテのパイ、そして年代物のワインが並んだ。これはホームズが手配したもので、イギリスとアメリカの親善となる宴を盛り上げるために準備された。その席で、そのうち星条旗とユニオンジャックが一緒になる、というアングロサクソン主義的な内容の演説をホームズはする。これはあくまでも宴会のご馳走であり、どちらかといえば例外だった。ホームズ物語全体でも、ホームズとワトスンは、ハドスン夫人の出した料理か、外で食べるのがふつうなのである。

ホームズがいきなり料理をしよう考えても、手に取ることができる参考書が、地名辞典並に手近なところにあった。それは『ビートン夫人の家政読本』（一八六一）という本である。『ビートンズ・クリスマス・アニュアル』の創刊者であったサミュエル・ビートンの妻イザベラの手になるマニュアル本である。この本は「家政＝家庭管理」という観念を人々に広げるのに貢献した。中産階級のライフスタイルを管理する技をビジネスへと変えた女性の象徴的な存在である。ビートン夫人はこの本を通じて家庭から社会改革をしたことで、公衆衛生により社会改革をしたナイチンゲールの世俗版にあたるのだ。

『ビートン夫人の家政読本』には、料理のレシピがたくさん載っているが、かなりの部分が、先行する他人の料理本などからの無断流用つまり盗用であることもわかっている。だが、この本の利点は、集めた多数の情報を管理して検索しやすいように番号で整理した点にある。

食材や料理法などから検索できる「分析的索引」は、ホームズも好むはずの分類と検索方法を採用している。パラグラフの通し番号とページ番号とを利用すると、必要な情報がすぐに探し出せるのである。パラグラフの番号ならば、たとえ改版されて記載されたページが変更になっても支障がないのだ。現在紙の本を電子書籍化したときに、フォントの大きさなどで、ページ数が勝手に変わるという難題があり、パラグラフの番号で位置をしめしている。すでに十九世紀にこの問題をクリアしていたのである。

そして、ナイチンゲールの野営地用の調理は百人が単位だったが、ビートン夫人のレシピは家庭用なので六人分を基本にしている。季節ごとのコース料理の提案などもあり、来客用には十二人分が目安となる。だがその場合には分量を倍にすればよい。日常の食事を考えると、夫婦と子ども四人までならば、六人分で充分なのである。なかには、核家族向けに四人分で計算されている料理もあるほどだ。

主婦が自分で料理しても、あるいは料理人に任せるとしても、材料一覧と料理の手順、さらに料理の時間や、材料費のコスト計算まで記載されているのでわかりやすかった。しかも、同じ料理であっても、費用が節約できる「エコノミカル」という選択肢まで用意されている。AがなければBを選べるという代用の提案がレシピに盛りこまれていて、手持ちの材料でもなんとか工夫できたのだ。

ルイス・キャロルの『不思議の国のアリス』（一八六五）の第九章に「ニセウミガメ（代用ウミガメ）」が登場する。これは仔牛の肉を使って、貴重品であるウミガメに似せた味をだすニセウミガメスープに由来する。字面だけではニセウミガメという種類の生物が存在するように思えるので、キャロルはそれをネタにしたのである。ビートン夫人の本には、ニセウミガメスープのレシピは通常（一七二番）とエコノミカル（一七三番）の二種類が記載されている。エコノミカルのほうが、平均コストは半分以下となるが、料理をするのには一時間半余計に時間がかかるのだ。お金で時間を買うという「時短」という感覚もそこにはあった。

【ホームズが料理する】

イザベラが二十八歳で死去したため、著作の権利はワード・ロック社に売り払われた。それ以降、出版社による独自の増補版が出され続けた。そのため、ドイルも自伝的な長編『デュエット』（一八九九）のなかで、わざわざ「ビートン夫人に関して」という章を作ったほどである。そこには、「ビートン夫人はこの世で一番の家政婦だったに違いないだろう。ならば、ビートン氏は世界で一番幸せで快適な暮らしをした男だったに違いない」という台詞が出てくる。ビートン夫人という名前は、ライフスタイルを左右する存在だったのだ。日頃は定番料理を守っているハドスン夫人も、こっそりと購入していた可能性が高い。しかも、それを出していたワード・ロック社は『緋色の研究』や『四つの署名』と同じ版元でもあることだし。

たとえば、「青い紅玉」（『冒険』）で、ヤマシギの料理をハドスン夫人が出してくれるのをホームズが心待ちにする場面がある。ヤマシギは滅多に手に入らないので、ローストするにしても、料理法を間違うと困る。失敗が許されない食材なのである。

だが、ハドスン夫人がビートン夫人の本を手に取れば、「背骨は美味だし、多くの人は腿肉が素晴らしいと考えている。フランスの美食家ブリア・サヴァランの忠告通りに、焼いている間に垂れた肉汁を受けとめたトーストを添えて食べるべき」などとコツを教えてくれる（一〇六二番）。ウェルダンに焼いても三十五分で済むし、一羽を二つに切り分けるので、ホームズとワトスンそれぞれの皿に載るのである。しかもハドスン夫人が、本の忠告どおりに、焼けておいしくなった背骨を出し、肉汁を浸したトーストを添えて出せば、美食家ホームズでも充分に満足したはずである。

『四つの署名』でホームズが作るべき料理のカキのほうは、「八月の終わりから健康になってくる」とビートン夫人も言っている。物語の舞台となった九月にはシーズン到来なので、さっとバターで焼いて、ケチャップとレモンで味つけをするのはどうだろう。ビートン夫人のレシピだと五分でできるし、「イタリア風」と呼ばれている（二八六番）。三ダースのカキで四人分となるので、ホームズ、ワトスン、ジョーンズ警部で分け合うのにはぴったりではないか。多いようにも思うが、シーズンのはしりでカキもまだ小ぶりだろうし、ホームズ自慢の白ワインともあいそうだ。

手間のかかるライチョウ料理に関しても、ビートン夫人の本には六一年版からずっとレシピが載っている。ライチョウは「ゲーム」つまり、猟で得る肉に分類される。そして、ライチョウのシーズンは、「八月の十二日から十二月の初め」とあり、雑誌の初出のとき、メアリーに送られた手紙の日付が七月だったのは九月の間違いだというのをきちんと裏づけてくれる。ちなみに猟で狩る九月の食材としては他に「黒ライチョウ、雄鹿の肉、野ウサギ」の名前があがっていた。

ワトスンは、今までいろいろな狩りをしてきた、とこの後のテムズ川の追跡劇で豪語する。犬のトビーの扱いに慣れているのも、猟犬を使った狩りの経験があるとすれば理解できる。ホームズが料理するライチョウが、ワトスンが獲ってきた獲物だったらよいのだが、残念ながらそうした記述はない。だが、ライチョウは、「青い紅玉」に出てきた市内で養殖しているガチョウとは異なる。そして、猟鳥（ゲーム）を食べることが、テムズ川で人間狩りをする前の食事としてふわしいのだ。

ビートン夫人の本には、一〇二四番のライチョウのパイならば一時間弱、一〇二五番のライチョウのローストなら三十分か三十五分で完成と目安が書かれている。パイは牛の尻肉のステーキも必要だし、パイ皮で包むので少々手間がかかる。ローストならば準備するのはバターと調味料だけでよい。これならば、ワトスンとジョーンズ警部に食前酒でも飲ませて待たせながら、ハドスン夫人の一階の台所を借りて、手早く料理ができる。「三十分で支度ができる」とホームズがジョーンズ警部に言うのにふさわしい気もする（第九章）。

だが、カキをバターで焼いたイタリア風を選ぶと、二品の料理法がかぶるので、パイのほうがよさそうだ。その場合には、下ごしらえをした後、ハドスン夫人にパイが焼き上がるのを見守ってもらえるかもしれない。その間に手早く料理したカキと白ワインで三人の男たちは盛り上がることができる。食後の食器を誰が洗うのかについて何の言及もなかったが、おそらくハドスン夫人に押しつけるつもりだろう。このあたりに、ホームズが自分のことを「家政婦」と言いながらも、男の手料理の限界がある。この時点でのホームズが参照するのは不可能だったが、ビートン夫人の本の一八九五年の増補版では、ライチョウの捌き方から盛り付けまで六枚の挿絵入りで解説されている。料理人ではなくて、素人の主婦でも、もちろん私立探偵でも大丈夫というのがこの本の売りだったのだ。

【長編小説から短編小説へ】

ドイルが書き上げた『緋色の研究』の原稿はいくつもの出版社に突き返され、ようやくワード・ロック社に二十五ポンドの買い切りで受けいれられた。ミステリー小説ブームを当てこんで、無名作家のドイルの小説を採用したにすぎなかったのだ。ドイルが求めた売上による印税方式は拒絶され、海外の出版権までも放棄したことをしめす手紙が残っている（オックスフォード版付録）。ドイルは生涯このことを悔いていた。

もちろん、この呪わしい二十五ポンドが、どうやら『四つの署名』では、ホームズが口にする人は見かけによらないとする慈善家の二十五万ポンドの寄付金（第三章）や、メアリーが手に入れるはずだった二十五万ポンドの話に化けたのである。一万倍のお宝を手に入れそこねた話として読むと、『四つの署名』の展開も理解できないわけではない。同時期に出版された『緋色の研究』の単行本も、ホームズ物語の続編に合わせてワード・ロック社の副編集長のカーナハンが仕掛けたものだった（オックスフォード版付録）。相乗作用を狙ったのだが、予想ほどの効果はあげなかった。

『四つの署名』が掲載されたのは、一八九〇年の『リピンコッツ』誌の二月号だった。すでに述べたように文中には挿絵が一切ない。たった一枚冒頭に、スモールたちが財宝の入った鉄箱を横取りする場面があるだけだった。そこにはホームズもワトスンもメアリーもいないのである。ただし、この雑誌が挿絵をつけるのをまったく避けていたわけではない。「街の流行」に関する記事には色々と挿絵が入っている。別の号だが、バットを構えた野球選手の姿が載っていたりもするのだ。どうやら冒頭の一挙掲載の長編小説には挿絵を掲載しない方針のようだ。やはり七月号のワイルドの『ドリアン・グレイの肖像』でも何も見当たらない。

いずれにせよ、二作目にあたる『四つの署名』を出版したおかげで、ドイルはホームズ物を書き続けるという意思をもった。連続殺人事件では、二人目の被害者が出てからはじめて続きがあると感じられ、恐怖を覚えるようになる。ホームズ物も、二作目である『四つの署名』が書かれてから、必要ならばシリーズを目指す準備が整ったのである。長編を二作書き終えて、キャラクターの行動や性格に著者として馴染みができ、物語を組み立てやすくなったのである。しかも、天才と凡人という組み合わせは、読者が自分の憧れと現実の姿の両面を投影できるので人気を得やすいはずだ。

『四つの署名』のワトスンの結婚で一度閉じたホームズ物語を再開するにあたって、短編小説という形式を選ぶことになった。ベル博士も、ホームズ物語の特徴は、夕食と食後のコーヒーの間に一気に読み終える事ができる長さがよいと「シャーロック・ホームズ氏」のなかで述べていた。明らかにこれは短編小説か、長編小説の連載を念頭においた言葉である。そして、「（アングロ）サクソン的な簡潔な英語」を使っているのも高評価の理由だったのである。これも「独身貴族」でのホームズの演説で示されたアングロサクソン主義とも響き合うところがある。

ドイルは短編小説「ボヘミアの醜聞」と「赤毛組合」を、出版エージェントのＡ・Ｐ・ワットを介して出版社に売りこみをかけた。今度はドイルの側が積極的に動いたのである。受けいれたのが、『ティット・ビッツ』という情報の断片を集める雑誌で成功したジョージ・ニューンズだった。ニューンズは発足したばかりの『ストランド』誌の目玉となる小説だと認めたのだ。

ただし、この際にニューンズがドイルの腕試しに、匿名で「科学の声」という小説を書かせて、読者の反応と腕を確かめてから連載を開始したことに注目すべきだと富山太佳夫は指摘する（『シャーロック・ホームズの世紀末』）。半年後に連載を始めるための準備期間だが、ドイルは連載に足りるだけの異なるプロットを複数生み出す必要があった。

最初の短編集のタイトルが『シャーロック・ホームズの冒険』となったように、「冒険」の要素が含まれている（もっとも、個別の作品に「冒険」がつくのは「青い紅玉」以降なのだが）。冒険となれば、謎や事件の論理的な解決だけでは済まされない。犯人逮捕のアクションも伴ってくる。『緋色の研究』でのホームズは推理の要素が強かったし、冒険をするのは犯人の側だった。だが、『四つの署名』ではテムズ川での追跡劇や、銃を発射し、変装するなどのホームズの積極的な姿が描かれていた。

『ストランド』誌に連載された際のシドニー・パジェットの挿絵が、ホームズ像を決めた。それは作品内に挿絵になりやすい場面を盛りこむ作業が含まれることになる。思索や長い議論の場面はあまり絵にならない。ホームズがシングルスティックを振り回したり、暗闇の敵に鞭を振るったりといった動きのあるほうが、挿絵を描きやすいのは確かだった。

しかも、ポーの「モルグ街の殺人」を模倣してミステリー小説を書き始めた原点に回帰したともいえる。ドイルは短編小説が嫌いではないし、むしろイギリス文学に短編小説が少ないことを嘆いていた。

読書論の『魔法の扉を通って』のなかで、自分の短編小説観を述べて、「力」「新機軸」「緻密な構成」「強烈な興味」「読後に残る一つの鮮明な印象」の五つが必要だと力説していた（佐藤佐智子訳）。これはベル博士が感じたホームズ物の特徴そのものでもある。

ドイルは、自分が短編小説集を編むならばという設定で、ポーの「モルグ街の殺人」と「黄金虫」をまず取り上げた。そしてスティーヴンスンの『ジーキル博士とハイド氏』を本質的に短編小説とみなす。さらにキップリングの「王になりたい男」とか、モーパッサンとアンドリュー・ビアズの名をあげている。この選択眼からしても、ドイルは短編小説が読者に与える効果を知り尽くした作家でもあった。それが短編連作の『シャーロック・ホームズの冒険』で開花したのである。

【執筆順で読むか、時系列で読むか】

ミステリー小説家で、「ノックスの十則」でも知られるロナルド・ノックスは、「ホームズ物語の文学的研究」（一九一二）で、ホームズ物語に「導入」や「調査」などの十一のチェックポイントをもうけて、『緋色の研究』は十一点、『四つの署名』は十点などと評価を下した。そして「背中が曲がった男」は五点、「グロリア・スコット号」は四点となっていた（オックスフォード版付録）。これはノックスの採点表とも思えるが、短編小説は、『緋色の研究』や『四つの署名』のようにすべての要素を網羅していないからこそ、むしろその物足りなさのせいで、読者は次の作品を求めるのである。

シリーズ作品は、ややもすると単純な繰り返しに見えるが、じつはそうではない。ベル博士の言うように、退屈な日常生活の夕食後の気晴らしであるからこそ、『バスカヴィル家の犬』で、ホームズがワトスンの推理を「七十五点」などと採点したように、毎回採点しながらファンは読んでいる。そして、百点満点の快楽を忘れられないからこそ、次を渇望するのである。同時代のファンは、月に一回しか新作を読めなかったし、次の掲載まで待たされている間は旧作を単行本などで読むしかなかったのだ。

だがホームズ物語の執筆順と、物語内の時系列とにはずれがある。『四つの署名』による終了を回避する手段のひとつには、それ以前を舞台にすることだった。過去の事件ならば、大手を振ってメアリーとの結婚を無視して、ホームズとワトスンのコンビを活躍させることができる。シャーロキアンのベアリング＝グールドの詳注版によると、全十二編のうち、このパターンは「まだらの紐」「独身貴族」「ボヘミアの醜聞」「唇のねじれた男」「五つのオレンジの種」「花婿失踪事件」「赤毛組合」「青い紅玉」と三分の二を占める。そして、残り三分の一の「ぶな屋敷」「ボスコム谷の謎」「技師の親指」「緑柱石の宝冠」が『四つの署名』以降と推定されている。

『四つの署名』との連続性を感じさせるように、ホームズのコカインの代わりにアヘンの話が出てきたり（「唇のねじれた男」）、メアリーのような女家庭教師が登場したり（「ぶな屋敷」）するし、インドとの関係も描かれる（「まだらの紐」）。そして、メアリーと朝食をとっているとホームズからの誘いの電報がきて（「ボスコム谷の謎」）、夜中にやってきた妻の知り合いにワトスンが相談を受ける（「唇のねじれた男」）ことで事件が始まるのだ。

もちろん新しい要素も導入された。ロンドンを離れた地方が舞台となり（「ボスコム谷の謎」や「技師の親指」）、描かれる国際情勢として、ボヘミアやドイツといった大陸との関係、さらには海外の秘密結社とのつながりも出てくる。そして、名探偵ホームズが犯人を捕まえそこねるという作品まで現われるのだ。これによって一気に作品の幅が広がったのである。

ドイルは、ファンの期待に応じるために、ホームズとワトスンが活躍する二つの長編で自家薬籠中にしていた要素をバラバラにして新しい材料と組み合わせた。このようにホームズ物語は過去の作品を「自己-引用」しながら膨らんでいくのである（高山『殺す・集める・読む』）。その増殖方法は、ビートン夫人の『家政読本』がレシピや説明をどんどん取りこんで増補版となり、ブリタニカ百科事典が改訂ごとに巻数を増やし巨大化するのにも似ている。新しい要素を取りこむことで自己増殖する物語群なのだから、ホームズ物語のパロディやパスティーシュが生まれるきっかけは、すでにホームズ物語に存在していたといえる。

『シャーロック・ホームズの冒険』は、連作でありながら事件が起きた時系列に並んではいない。『緋色の研究』から『四つの署名』へと続いたが、『シャーロック・ホームズの冒険』は時系列に関係なく読むことができる。そもそも売りこみのあった二作の「ボヘミアの醜聞」と「赤毛組合」のどちらを先に掲載するのかを決定したのは『ストランド』誌の編集者ジョージ・ニューンズであった。選択において物語の時系列にこだわってはいなかったのだ。おかげで今でも読者が「まだらの紐」や「ぶな屋敷」を先に読んでも困ることはほとんどない。しかも、これは連載途中で『ストランド』誌を購入した新しい読者を失望させない仕掛けにもなっていた。

シャーロキアンたちは、ホームズ物語を事件が起きたと推定した順序に紹介する。つまり「グロリア・スコット号」から「最後の挨拶」までの配列である（北原尚彦監修『シャーロック・ホームズ完全解析読本』など）。ところが、東京図書とちくま文庫で翻訳出版されたベアリング＝グールドの詳注版以外に、この配列で出版されているホームズ全集はない。九冊となる正典のうち四冊の長編は別にしても、時系列で読むためには、読者は五つの短編集をめまぐるしく参照しなくてはならない。つまり、このような配列し直しが許されるということは、作品相互にあまり有機的な関連がないということでもある。

その代り、読者はホームズ物語から好みの作品を取り出してきて、勝手な順序で読むことができる。それは、ホームズがアンダマン諸島のことを調べるのに、地名辞典を参照したのにも似ている。たとえ「ボヘミアの醜聞」を読んでいなくても、「赤毛組合」を充分に楽しめる。『四つの署名』の話が出てきて気になったとしても、あとで振り返って読めばよいのだ。

このような自由な読み方を許しているのも、ホームズ物語の成功につながっている。その始まりは、時系列に従っていた『四つの署名』を受けつつ解体した『シャーロック・ホームズの冒険』にあった。出発点である『緋色の研究』、それを継承した『四つの署名』、さらに解体した『シャーロック・ホームズの冒険』を通じて、ホームズ物語の語り口は完成した。時系列に関係なしに語っても構わないという新しい設定を受けて、ドイルは、第一次世界大戦が始まった一九一四年という象徴的な年を上限にして、その間の時期のさまざまなホームズの活躍を語ることができたのだ。

第8章　アダプテーションと『四つの署名』
——翻案され映像化される

この章ではまず演劇とドイルとの関係を考える。挿絵や舞台写真が小説のホームズ像にフィードバックされるのだ。そして、動くホームズとして、サイレント時代からの四つの映像化作品をとりあげて、それぞれの特徴を論じる。次に日本での児童向けに翻案された三つの作品と、最後にカンバーバッチ版の「三の兆候」を扱う。

1　ホームズを演じる

ホームズとワトスンをどのように描くのかは、挿絵を担当する者の力量にもかかっているが、小道具や背景など、イラストレーションの本来の意味である「例示」つまり図解が必要となってくる。やはり『シャーロック・ホームズの冒険』以降のシドニー・パジェットの挿絵の印象が強く、おかげで『緋色の研究』と『四つの署名』についた挿絵は目立たなかったのである。挿絵の魅力に乏しいことが、両作品が今ひとつ人気が出なかった理由ともなっている。

『四つの署名』は、すでに指摘したように、一八九〇年に『リピンコッツ』誌に掲載されたときには、ハーバート・デンマンによる巻頭の挿絵一枚しかなかった。そして同じ九〇年の五月から七月にかけて『ブリストル・オブザーバー』紙上で、八回にわけた連載となったとき、無名の画家による二十四枚の挿絵が入り、犬のトビーもメアリーもこれが最初のお目見えとなった。この画家はスモールやトンガも描き、テムズ川の追跡劇とか鉄の宝箱も取り上げているのだが、お世辞にも上手とはいえない。

そもそも挿絵には、語り手なのでキャラクターとして見えるはずのないワトソンという人物をどのように描くのかという難題がある。『ブリストル・オブザーバー』版は、ホームズもワトスンのどちらも口ひげをはやし、シルクハットをかぶり、ステッキをもっていないので、すぐに両者を識別できなかった。それに対して、パジェットはワトスンに口ひげを与え、ホームズには鹿撃ち帽とインバネスコートという、今では彼を表わす記号となったファッションに身を包ませた。これが成功したのである。

そして、挿絵とは別に、文章で書かれた人物を視覚化する方法として昔から利用されてきたのが演劇だった。『緋色の研究』と同時に掲載されていたのが、「火薬の餌」と「四葉のシュムロック」という二本の劇だったことを思い出すとわかるように、身近に劇があり、しかも脚本の形で出されても当時の読者は受容できたのである。

ホームズ物語の演劇性は、『四つの署名』のなかにあふれている。ホームズが老船乗りに化けていたのを、ジョーンズ警部が称賛したように、演劇と変装術とがつながるものとして理解されていた。ポーの「モルグ街の殺人」で、語り手の連想を指摘したのが、役者の話だったように、演劇はミステリー小説の身近にあるのである。しかも演劇のトリックに「双子」が昔から扱われてきた。取り違えのコメディや、ミステリー小説のトリックとしても使われる設定であるが、サディアスとバーソロミューは、生と死という異なる運命をたどった二人として対比的に扱われていた。

ホームズ物語の最初の演劇化作品は一八九八年の「時計の下で」というドタバタ劇であった。そして、アメリカの俳優のウィリアム・ジレットが、ホームズのキャラクターを使った劇の許可を求めてきたとき、ドイルはアイデアをだして、一八九九年版の『シャーロック・ホームズ』となった。この四幕の劇は、初めてキャラクターとしてモリアーティ教授を登場させ、ホームズが曲がったパイプをくわえ、それから二幕二場で「初歩的だよ。子どもの遊びのような推論だ」と原作にはない決め台詞を言わせたことで知られる。なおその後広がった「初歩的だよ、ワトスン」とつながった台詞は元の脚本にはない。ジレットはこのホームズを生涯で千五百回上演したとされる。

またドイル自身は自分の短編小説を劇化した三幕の『まだらの紐』（一九一〇）を書いたが、これはメアリーがワトスンの婚約者としてでてきて、『四つの署名』との関連をもっている。もちろんインドつながりが理由だろう。そして、一九二一年に「マザリンの宝石」（『事件簿』）を雑誌に発表する前に、『王冠のダイアモンド』として上演された。脚本自体は以前に執筆されたものだが、このようにドイル自身も小説と演劇を行き来していたのだ。幸いにもこのドイルが書いた二編の劇は日本語で読むことができる（北原&西崎編『ドイル傑作選I』所収）。

それ以降、ホームズ物語はさまざまな劇になってきたのだが、『四つの署名』をもとにした演劇化として成功したのは、アメリカで制作され、一九七八年九月にブロードウェイで上演された『血の十字架奉持者』だった。これは翌年四月までのロングランとなった。十字架奉持者とは、宗教行事で十字架を運ぶ者のことである。

ポール・ジョバンニの脚本は、「唇のねじれた男」のアヘン窟の話を接合し、メアリーではなくてアイリーンがインド帰りに父がアヘン依存者になっているので助けて欲しい、とホームズに依頼するところで始まる。彼女の父は三人の同僚と結んだ約束におびえていて、インド大反乱のときに持ち出したアグラの財宝が原因だとわかってくる。アイリーン父娘が住むメイドンヘッドにあるポンディシェリ荘、イーストロンドンのアヘン窟へとつながっていき、演劇らしく場面転換をうまく使い分けた作品となっていた。

人気を得た『血の十字架奉持者』はロンドンとロサンジェルスで上演された。八〇年からのロサンジェルス版は、ホームズを『ベン・ハー』などで知られる名優のチャールトン・ヘストンが、ワトスンをジェレミー・ブレットが演じた。ブレットはグラナダ版でホームズを演じる前に、ここでワトスンを演じていたのだ。後にヘストン主演でＴＶドラマ（一九九一）が作られたが、それはアップを多用して舞台よりも親密度が高い。ワトスンの時計を推理するホームズなども丁寧に描かれているし、スモールたちが逃げようと乗りこむ船が「グロリア・スコット号」となっているなど遊びが盛りこまれていた。ドンデン返しの結末が用意されているのだが、これは観た者だけのお楽しみである（英語版ＤＶＤが販売されている）。

このようにホームズは演劇力のある役者が演じたくなる人物なのである。シェイクスピア役者で『ロード・オブ・ザ・リング』のガンダルフ役でも知られる重鎮のイアン・マッケランが主演した『Mr.ホームズ　名探偵最後の事件』（二〇一五）は、九十三歳のホームズという設定で、未解決だった事件を探りに日本までやってくる。また一九八三年にアニメ作品の『四つの署名』がオーストラリアで作られ、ホームズの声を『アラビアのロレンス』などで知られるピーター・オトゥールがあてていた。オトゥールは映画で知られるが、元来シェイクスピア役者であり、八〇年代にはまだ『マクベス』などの舞台に立っていた。今後も舞台役者たちが、ホームズ物語の舞台や映像で活躍することになるだろう。

2　映像化された『四つの署名』

【映像の時代】

「動く写真」がムービーと呼ばれるようになったように、二十世紀に入ると映画の時代がやってきた。最初の映画作品とされる一九〇〇年の「戸惑うホームズ」は、部屋から物を盗もうとしている相手をホームズが捕らえようとすると相手が消える、という三十秒の長さのトリック映画だった。葉巻を吸うホームズが右往左往するのだが、最初の演劇作品もドタバタだったように、ホームズがシリアスに受けいれられるのには時間がかかったのだ。

映画が世間に浸透してから、ニュース映像などで動いているドイルも撮影されている。今でも観ることができるのがサイレント映画の『失われた世界』(一九二五)の冒頭である。ただし、オリジナル映像は失われ、現在の修復版では一九三〇年のインタビュー時の映像を挿入している。そこでは庭先で犬を連れたドイルが、本と帽子を脇のテーブルに置いて、椅子に座る姿が映り、「半分大人の少年と、半分少年の大人に、一時間楽しんでもらえたらと思って、もくろんだものに過ぎない」と字幕が入り、本編では男たちのための冒険が描かれると紹介している。

『四つの署名』もサイレント映画の時代から制作され、色々な役者がホームズを演じてきた。一九一三年のハリー・ベナムが演じた『シャーロック・ホームズが「四つの署名」を解決する』が最初の映画化だろうが、二巻の短いもので「今までよりも若くてがっしりとした体型のホームズ」「不気味なオリエンタルな雰囲気」などと当時の映画評(『映画世界』三月八日号)にあるが、これは現在フィルムが消失していて詳細はわからない。ここでは現在でも参照できる映像化された四作品を取り上げて、それぞれの特徴を比較する。『四つの署名』が受容されてきた歴史の一端がそこから見えてくるだろう。

【エイル・ノーウッド版（一九二三）】

ドイルの生前に作られたホームズ物のサイレント映画のひとつである。モーリス・エルヴィーの監督作で、ホームズを演じたのはエイル・ノーウッドだった。このコンビで十五分から二十分の長さの短編のホームズ作品が四十五本制作され、長編もすでに『バスカヴィル家の犬』（一九二一）が作られていた。ワトスン役は、メアリーとの恋愛を考えて、それまでよりも若い役者が起用されたが、ホームズとワトスンは中年のコンビである。設定やストーリーは変更され、人間関係も整理されて翻案に近い。

冒頭の不揃いの四つの十字からなる「四つの署名」のカットが印象的である。「ベイカー街の真珠のような灰色の午後」と字幕が入り、コカインの注射ではなくて、ホームズがヴァイオリンを演奏するところで始まる。そこにロシア人に変装したインドの王子アブドゥラ・カーンが訪れてきて、二千ポンドを出すから女性を探してくれと頼む。だが、ホームズは相手がヒンズーであることを偽っているとして断り、両者は対立するのだ。

四つの署名は財宝をわけあう四人であるメアリーの父親、医師のショルトー、義足のスモール、財宝を隠したカーンがそれぞれの血で誓ったものだった。宝を運んだ裏切り者として、まずメアリーの父親が帰国した船で殺され、次に財宝を隠したショルトーが館で殺される。スモールとカーンは、映画では「ピグミー」と呼ばれるトンガとともに島から脱出したのだ。スモールを探していたホームズと警察がいかがわしい飲み屋に乗りこむと、スモールを助けようとしたトンガはそこで撃ち殺されてしまう。

その間、ワトスンとメアリーがベイカー街で食事をしながら親密になっていたところに、カーンがやってきて二人を誘拐して宝のありかを白状させようとする。カーンがショルトーの邸宅から財宝を見つけ出し、メアリーだけを人質として連れて船で逃げた。ホームズとワトスンは高速ボートで追跡し、燃えさかる船からメアリーを助ける。そして財宝の箱をもって逃げたカーンをホームズが追いかけて、二隻の高速ボートの一騎打ちとなり、財宝の入った箱を取り戻すのである。ワトスンの結婚の通知を見ながら、ホームズが「思案のなかの孤独」を味わうところで終わる。

映画の見どころとなるのは、一九二〇年代の風俗がそのまま使われていて、移動も辻馬車ではなくて車が利用され、メアリーの服装もフラッパー風でモダンである点だ。霧にけむるロンドン市内に車を高速で走らせ、実際のテムズ川でロケをした追跡劇は見事な出来栄えである。とりわけ、船の移動につれて画面上にリッチモンドやハマースミスなど橋の名称とともに次々と実景が現われるのは迫力がある。タワーブリッジを過ぎたところで対決となるのだが、このあたりは原作の雰囲気をよく再現していた。また、回想シーンになると人物を半透明にして行動をしめすなど、視覚的な効果も工夫されている。

『四つの署名』に関しては不明なのだが、ノーウッド版のホームズ映画を観たドイルは、彼を「何もしていないときでも客を惹きつける役者としての魅力をもつ」と称賛している。ただし、映画の唯一の難点は「電話や自動車」などヴィクトリア朝ホームズに存在しなかったものを取り入れたことだとする(『回想と冒険』)。けれども、ドイル自身は一九一一年の自動車レースにイギリス代表として出場するほどの車好きなのである。車で走り回るノーウッド版は、ドイルのお墨つきを得たホームズ映画だった。

【アーサー・ウォントナー版（一九三二）】

アーサー・ウォントナーは痩せ型でパジェットの挿絵の生き写しとされ、五本のホームズ映画に出演した。最初の『眠れる柩機卿』（一九三一）は「空き家の冒険」と「最後の事件」をあわせたもので、最後の『白銀号事件』（一九三七）も『バスカヴィル家の犬』を混ぜた作品だった。そうしたなかで一九三二年の『四つの署名』は、あらすじの基本線を守りながら、語り口を変えた作品になっている。

アゴラ砦の宝の在り処をスモールがショルトー少佐とモースタン大尉に教えるところから始まる。見取り図どおりに探すと鉄箱が見つかり、財宝を独り占めしようとしたショルトーがモースタンを殺害してしまう。そして、逃げた先のイギリスで、スモールが島を脱出したというニュースを知り、義足の音に怯え始めるのだ。バーソロミューが殺され、メアリーの経営する花屋の店内が荒らされて脅迫状が来たことで、ようやく彼女はホームズに依頼をするのである。

一九三〇年代に合わせた現代化がなされていて、スモールは電動タトゥーをほどこされた男やトンガと一緒に行動し、メアリーは女家庭教師ではなくて自立した女性として花屋の経営者となり、翻案に近い改変がなされていた。サディアスがメアリーたちに過去の話をするのも自動車のなかで、もはや完全に辻馬車の世界ではなくなっていた。

そしてサーカスの見世物になっているトンガやタトゥー男を、手がかりをもとめて調査に来たワトスンたちが見つけるが、ワトスンが電話をしている間にメアリーは誘拐されてしまう。それを追いかけて、テムズ川で追跡劇が繰り広げられる。昼の撮影だったノーウッド版とは異なり、撮影技術も向上し、白黒映画であることを利用して、夜の追跡が迫力をもって描かれる。倉庫に連れこまれ、そこでスモールたちとホームズたちの間で乱闘と銃撃戦になるのだ。途中でトンガも撃ち殺されてしまう。

最後にホームズがアグラの財宝をジョーンズ警部に渡し、メアリーの真珠をスモールがテムズ川に捨てる前に取り戻していて、手渡しながら「初歩だよ、ワトスン、初歩だよ」と口にする。そこで、幸福感にいっぱいとなったメアリーとワトスンがキスをする。ホームズが「驚いた」というと、「初歩だよ、親愛なるホームズ、初歩だよ」とワトスンが言って終わるのだ。すでにこの口癖が定着していて観客も共有していたことがよくわかる。

【ピーター・カッシング版（一九六八）】

ＢＢＣがテレビの本格放送を始めたのは、一九三六年のことであった。それ以来、シェイクスピア作品同様に、ホームズ物語のテレビドラマ化も一種の使命となっているが、一九六四年から六八年にかけて一話五十分のシリーズが放映された。二シーズンにわけて二十八本が制作されたが、第一シーズンは、ダグラス・ウィルマーが演じた「まだらの紐」以下の十二本で、撮影は白黒だった。続編となる第二シーズンでは、スケジュールの都合がつかなかったウィルマーではなく、代わりにもっと痩せ型のピーター・カッシングが主演をつとめ、こちらは「第二のしみ」以下十六本のカラー作品となった。

カッシングは恐怖映画の老舗であるハマープロの『バスカヴィル家の犬』（一九五八）ですでにホームズを経験していた。冒頭でバスカヴィル家の魔犬伝説の由来が映像化され、画面が切り替わると、ヘンリー・バスカヴィルがエピソードを語っている。ヘンリーに扮したのがクリストファー・リーだった（リーは後にホームズも演じた）。ドラキュラやフランケンシュタインの怪物といった恐怖映画で活躍したカッシングやリーを登場させるには、ゴシック風味の強い『バスカヴィル家の犬』がふさわしいと思われたのだろう。だが、恐怖映画のファンとホームズ物語のファンは重ならず、続編が制作されることはなかった。それでもＢＢＣの制作陣はこの映画を忘れておらず、前後編でカッシング版の『バスカヴィル家の犬』をリメイクしたほどである。

カッシング版にはもちろんコカイン注射の場面はないが、八〇年前の時代設定を再現するために、衣装や小道具が整えられたコスチュームプレイになっている。そして、ＴＶドラマらしく、顔のアップを多用した室内劇的な作り方をしている。バーソロミューの死体が短く映ると、メアリーが訪問してくる場面となる。テキパキと話は進行し、アゴラ砦の見取り図は真珠といっしょに示されるし、サディアスの御者と待ち合わせ場所もフォレスター夫人の家となっているのだ。これは他ではあまり描かれない、フォレスター夫人のもとに報告しに向かって、メアリーといっしょにお茶を飲む場面を出すためでもあった。ワトスンの恋の進行が丁寧に描かれているのだ。

ドイルの小説での重要な要素はかなり盛りこまれている。とはいえ、トビーの追跡もあるが、衣装を必要とする通行人はまったく出てこない。ベイカー街非正規隊もヒギンズ一人がやってくるだけだ。そして、ホームズは老船乗りに変装しないし、高速ランチの追跡劇も朝に変更されてしまった。すべて五十分という時間と予算の制限のなかでおこなわれている。それだけに、カッシングと、第一シーズンからずっとワトスンを演じたナイジェル・ストックとの軽妙な会話のやりとりが光るのである。これが室内劇の雰囲気をなおさら高めている。

トンガの毒矢はワトスンの帽子に刺さり、ワトスンがピストルでトンガを殺害する。しかもこの後が小説とは大きく異なる。フォレスター夫人の家にサディアスが登場し、残りの真珠をもってきたといってメアリーに渡し、気があるそぶりをする。そこにワトスンがやってきて、鉄箱の中身が空だとわかってしまい、完全に失恋してしまう。しょげているワトスンに、ホームズが、自分は結婚なんかしない、それよりも難解な事件がほしいといって終わるのだ。

シャーロキアンであるカッシングがこだわったせいで、ホームズの青いツイードのジャケットや、メアリーの衣装など美術も秀逸である。そして、サディアスの家のなかには、仏陀の大きな像があったり、シタールを使った音楽が流れたりする。ラヴィ・シャンカルのシタール演奏を伴ったビートルズの「ノルウェイの森」が一九六五年の発売で、彼らのインドやバングラデシュへの傾倒も知られていたし、早くから心霊小説を書いていたドイルが、大空白時代にホームズをチベットなどへ放浪させたこととうまく響き合う。インドを直接統治したイギリスの経験があちこちに散りばめられた作品でもある。

【ジェレミー・ブレット版（一九八七）】

ブレット版はシャーロック・ホームズの正典の全作品をテレビドラマ化するというグラナダテレビのプロジェクトによるものである。一九八四年から九四年にかけて断続的に制作され四十一作が映像化された。中断の理由はブレットの健康問題であり、『四つの署名』の撮影もそれに巻きこまれている。そのため、ブレットの表情がすぐれず、かえってコカイン依存のホームズの面影を連想させるときもあった。フレットのシリーズ全体を映像版の正典とみなすシャーロキアンもいる。

『緋色の研究』はモルモン教への当時の偏見を盛りこんでいるので、宗教的な配慮から、一九六八年のピーター・カッシング版以降実写映像化されていない。このシリーズも例外ではない。出発点となるべきホームズとワトスンの出会いの事件が、カンバーバッチ版での「ピンク色の研究」のように翻案される以外にきちんと描かれないのも、ホームズ物語の映像化の特徴である。

ブレットはジョージ・キューカー監督のミュージカル映画『マイ・フェア・レディ』（一九六四）でイ

ライザに恋をするフレディを演じた。この女嫌いの言語探偵ヒギンズ教授と、インド帰りのピッカリング大佐はホームズとワトスンを擬したものに思える。原作となるバーナード・ショーの『ピグマリオン』は一九一三年に上演されたが、ショーとドイルは一八九九年に「軍備縮小と調停」に関するスピーチを一緒にしたほどの顔見知りだった。しかも『ピグマリオン』前年の一九一二年五月に、ショーとドイルとは新聞紙上でタイタニック号の船長の評価をめぐって論争となっていたのだ。「友人」とショーが呼ぶドイルへの密かな揶揄が含まれていても不思議ではない。またブレットはその後、『血の十字架奉持者』のロサンジェルス公演でワトスンを演じたことはすでに指摘しておいたとおりである。

ブレット版の『四つの署名』では、ホームズにコカインを注射させてはいない。だが放映第一話にあたる「ボヘミアの醜聞」で注射器が登場し、「七パーセント溶液」の台詞が借用されていた。また『四つの署名』の次に放映された「悪魔の足」では、注射をしているところをワトスンに見られないように毛布にくるまるのだ。「あの女（ひと）」アドラーの喪失を埋めるためにコカインにふけっているように設定された。シリーズ全体としてはコカインを射つ習慣をもつホームズを描いていた。ただし、NHKでの放映では、放送時間を口実に放送倫理的に不都合とされる部分はカットされ、エピソードの順番もオリジナルとは異なっていた。

ブレット版の『四つの署名』は、スモールとトンガがバーソロミュー殺害を終えたところから始まる。そして、メアリーが訪れたときも、先にワトスンが窓から見とがめて美人だと言うし、アグラの砦の見取り図に残された「四人の記号」も「X」を丸めたようなもの一つだけで、ずいぶんと印象は異なる。それでいて、辻馬車やサディアスたちの禿げた頭や水煙管などは再現されているのだ。

実際の建物を使ったポンディシェリ荘の庭の穴や、内部も重厚で全体として原作以上の効果をあげていた。トビーの追跡や、ベイカー街非正規隊もきちんと取り上げているし、テムズ川を監視する様子なども撮影されていた。そして暗いなかで、オーロラ号を追跡する警察の高速ランチも再現されていた。

　トンガに関して「野蛮人」とか「ピグミー」ではなく「アボリジニ」を使っていて、一定の配慮を見せている。その上で、トンガが吹いた毒矢がホームズの外套に突き刺さったので、ホームズがピストルで撃ち殺したという表現をとっている。ドイルの小説では、トンガの毒矢は船のハッチの柱に刺さり、ホームズとワトスンが同時に発射して殺したのであいまいだったが、はっきりと因果関係がしめされていた。しかも、ホームズの銃で額が射抜かれたトンガの顔が画面上にアップになるのだ。

　スモールの告白と鉄箱の中身の開示は、ベイカー街でおこなわれる。メアリーとワトスンを恋愛はおろか、結婚させないというのが大枠である。ワトスンが去っていくメアリーを窓から見下ろして「魅力的な女性だ」とつぶやくところで終わるのだが、もちろんホームズは彼女に対して何の関心もない。これは最初にワトスンがメアリーを見たショットの繰り返しなのだが、それによって、空の箱がワトスンの片思いの終わりを告げる印となっていた。

【他の『四つの署名』】

　もちろん、この四本以外にも『四つの署名』は映像化されてきた。一九八三年のイアン・リチャードスンのTV版がある。少々鼻の尖ったリチャードスンは鹿撃ち帽をかぶったホームズを演じていた。ショルトー少佐に手紙が来たところから始まり、ウォントナー版を意識してか遊園地が出てくる。タワーブリッジから始まる船の追跡劇ではエンジンのメカニズムが強調され、トンガはシルクハットを被り正装をしていた。接近して乗り移ろうとしたホームズに毒矢を向けたトンガを、ワトスンがピストルで殺すのだ。鉄箱は空っぽだったが、宝は意外なところから出現するのだ。

同じく一九八三年に旧ソ連で、ワシーリー・リヴァーノフ版のTVシリーズの一作として『アグラの財宝』という前後編の二時間半以上の作品が作られた。ベイカー街の家もロシア風のゆったりとした空間で、化学実験器具などで雑然とした様子はなかった。そして、郵便ポストやロンドン橋の表記はキリル文字ではなく英語になっていた。最後には、鉄箱が空だとわかって小説どおりにメアリーとワトスンがキスをする。ところが、盗んだとしてワトスンが手錠をかけられベイカー街に連行されるのだ。スモールの証言で真相がわかり、さらにワトスンが去っていった後、ハドスン夫人とホームズとが寂しそうに残るのである。

そして、二〇〇一年には、かつて『マックス・ヘッドルーム』で一世を風靡したマット・フリューワーが主演したTVドラマ版がカナダで放映された。フリューワーの四角い顔と、コンピューターを演じた過去が重ねられたホームズ物になっている。フリューワーは、イギリス英語らしさを強調した発音で、痩せぎすのホームズを熱演する。倉庫に逃げこんだトンガは下からジョーンズ警部に撃ち殺された。スモールが鉄箱をかかえて銃を突きつけ、ホームズは細身の剣で対決する。

また、ホームズ役者として名高いベイジル・ラスボーンによる『蜘蛛女』（一九四三）では、蜘蛛女と呼ばれる「女モリアーティ」との闘いが描かれ、中央アフリカの「ピグミー」という設定だけが取り入れられていた。このように『四つの署名』の映像化そのものは、翻案も含めると十年ごとくらいに制作され続けてきたのである。

※　それぞれの人物表記などは該当する作品に従った。犯人やトリックなどのネタばれがある。

3　翻案された『四つの署名』

【山中峯太郎版『怪盗の宝』（一九五六）】

黒岩涙香のガボリオの例をあげるまでなく、翻訳という行為は解釈をともなうからこそ、わかりやすさを口実にして、翻案となってしまう場合がある。そのひとつが、ポプラ社が出した山中峯太郎訳のホームズだろう。

ポプラ社が一九五〇年代に少年向けの三大シリーズとして、江戸川乱歩の少年探偵団もの、ルブランによる怪盗ルパン、そしてホームズ物語を出版した。訳者の山中は、戦前には日露戦争の斥候隊の活躍を描いた『敵中横断三百里』（一九三〇）や軍人本郷義昭を主人公にした『亜細亜の曙』（一九三一）といった少年冒険小説で知られた作家だった。

タイトルを『怪盗の宝』と変えたように、山中はホームズ物語には矛盾やミスがあるとして、大胆に整理して自分なりに訂正さえしている。それだけに翻訳というよりも、翻案に近いのであった。全二十巻となって独自の流れを作った山中版ホームズに関しては、シャーロキアンの北原尚彦が確定した配列で平山雄一が編纂した三冊本が作品社から刊行されている。だが、残念ながら岩田浩昌（ひろまさ）による挿絵が省かれているので、かつての雰囲気が再現されているわけではない。ここでは、単独でも読めるように編纂され、語句も訂正された一九七六年のポプラ社文庫版をもとに考える。

山中ホームズは読みやすいように、原文の長台詞を対話に直している。たとえば、メアリーにサジアスがあてた手紙を前にして、ホームズは質問する。

「だれが、これを書いてきたか、むろん、わからないのですな？」
「はい、ですから、ご相談にあがりましたの。」
「行ってみますか？　リシアム劇場の外がわへ。」
「わたくし、お二人の先生が、いらしてくださるのでしたら。」

これなら一つ一つの台詞がマンガの吹き出しひとつ分くらいの情報なので咀嚼しやすい。しかも「、」が煩わしく思えるが、じつは吹き出しに語句を配列したときのリズムに等しいと考えると、読みやすくする配慮がなされているのがわかる。

少年向けを考慮してなのか、ワトソンとメアリーの恋愛に関するところは「とちゅう、馬車の中で、いろいろ話しあった。が、この探偵記録には、関係ない話だから、書かずにおこう」と自主規制する。結果として、『四つの署名』内の冒険部分にだけ焦点が当たり、子どもの読者が最後まで一気に読んでしまえる。それでいて、事件が解決した後に、ホームズのほうが、メアリーとワトソンに結婚を勧めるのである。ここには、メアリーに同居生活を壊されてコカインに再び手を出すというホームズの憂鬱など欠片もない。おそらくこれが『怪盗の宝』における最大の翻案部分である。

こうした山中の文章を岩田の挿絵が効果的に支えている。ホームズが老船乗りの変装を解くところは、ワトソンが片腕で作った三角形の脇の下から、ホームズの得意気な顔がのぞいていた。また、スモールの足がワニに食べられる場面では、二匹のワニが泳いでいるスモールを追いかけている緊迫した様子が描かれる。どれも他の挿絵画家にはない構図なのだ。

印刷された本文は、大きさの異なる活字による章見出しと小見出しを多用し、ビジュアル的だった。「耳のうしろに毒矢一本！」とか「指さきがひらいている足は？」のように「！」や「？」を使って読者の興味や関心をかきたてる技が発揮されていた。こうした視覚的な要素を抜きにポプラ社版の楽しさはありえなかった。文章だけの『リピンコッツ』誌での素っ気なさを克服し、視覚的な可能性を最大限に広げたものが、山中版ホームズだったのである。

【名探偵ホームズ「海底の財宝」編（一九八四）】

宮崎駿監督と片渕須直脚本によるアニメーションの犬の「名探偵ホームズ」のシリーズの一エピソードである。劇場公開されたのは、一九八四年『風の谷のナウシカ』との併映だったが、その「海底の財宝」編はあきらかに『四つの署名』を翻案したものとなっている。

もともとイタリアのＲＡＩと東京ムービー新社の合作だったが、ホームズを犬にするというイタリア側の提案を受け入れて話を膨らませていった。一九八二年に六話まで準備が進んでいたが、資金難などで制作が中止された。ところが映画公開で人気に火が点いて、同じ八四年にテレビ版二十六話が急遽制作されて放映され、「海底の財宝」も、その第九話に組みこまれた。その際にホームズの声は劇場版の柴田侊彦から、予告編のナレーションを務めていた広川太一郎に変更された。

コカインを注射するイメージボードさえ残っていて、当初はかなり原作に忠実におこなう予定でいたようだ。だが、結局は宮崎色に染まった翻案やオリジナルのストーリーとなってしまい、ドイルのタイトルやイメージだけを残した二十六話分が設定された。第一話がブリストル海峡の海賊船によってホームズとワトソンが出会う「四つの署名」から始まり、最終話となるモリアーティの兄による探偵抹殺計画を扱う「ひん死の探偵」までのストーリー構成ができあがっていた（DVD特典映像より）。ただし、これは完成されたテレビ版の内容とは別物であった。

「海底の財宝」編は探検家のライサンダー大佐が、海底で財宝を発見したところで始まる。このライサンダー大佐の名前は「技師の親指」（『冒険』）からきたのだろう。その財宝を狙うのが、モロアッチ（モリアーティ）と二人の部下だった。彼らは海軍の新兵器である潜航艇の中身を盗み、スクリューなどの外側の部分を「犬の島」にある造船所などから調達して完成させようとしていた。大佐と双子の海軍のライサンダー司令官は、新兵器を盗まれた心労のあまりおかしくなっていた。ホームズの推理でモロアッチの企みがばれ、ゴミ輸送船に偽装した隠れ家が発覚し、手旗信号でレストレイド警部の部下が軍艦に位置を送る。ベイカー街不正規隊からハンカチで合図が送られたのに対応する。そしてテムズ川での追跡ならぬ「海戦」が始まる。

逃げようとする潜航艇に砲撃するテムズ川での「海戦」は、悪党であるはずのモロアッチでさえ「非常識」と呼ぶような事態である。その際に「軍艦マーチ」が鳴り響き、しかもパチンコ玉の音までが流れてくる。双子のライサンダーや潜航艇の工員が、犬の兵隊マンガである田河水泡の『のらくろ二等兵』（一九三二）のキャラクターをどこか思わせる省略し類型化した描き方をされているのとも通じる。もっとも、田河作品は帝国陸軍をモデルにしていたのであるが。

潜航艇からモロアッチが放った魚雷にあたり、自分の乗った軍艦が沈みかけると、その威力に「さすがわが軍の新兵器」と司令官は称賛する。ここは宮崎本人が参加した『どうぶつ宝島』（一九七一）での鉄製の海賊船が沈没する場面からの借用である。そもそも『宝島』が『四つの署名』の下敷きの一つであることを考えると、こうした重ね合わせも不思議には思えない。

後半は飛行船でライサンダー大佐の船に警告に向かったホームズたちが、財宝泥棒と間違えられ囚われてしまう。そこにモロアッチの潜航艇がやってきて、大佐の船は魚雷で沈められるのだ。ホームズたちは逃げ出せずに、ライサンダー大佐といっしょに沈んだ船尾に、潜航艇が入りんできて財宝を奪っていく。そして、その船尾に打ちこまれた魚雷が不発だったので、それを使って海上へと脱出するのだ。魚雷が潜航艇にあたり、海底から引き上げられた財宝が再び沈んでしまうのである。これはもちろんテムズ川にアグラの財宝が沈んだのを借用したのだ。

宮崎アニメの特徴である前半と後半の反復がうまく使われる。ホームズとワトソンは魚雷を食らって沈没しかけた軍艦の窓からは逃げ出せたが、大佐の帆船の窓からは逃げられなかった。それはライサンダー大佐と司令官が双子であり、裏と表のような関係でコミカルに扱われるのとうまく対応している。

脚本で協力した片渕須直は、その後アニメ監督となり、代表作となる『この世界の片隅に』（二〇一六）で、戦艦大和などが係留された軍港の呉の様子を描き出した。ヒロインのすずがスケッチをしてスパイと間違われるという場面もあるが、アニメでは精緻に軍艦の姿や手旗信号が再現されていた。これは「海底の財宝」で登場させた「軍艦マーチ」を伴って発進する軍艦を、よりリアルな形で追求した結果だったといえる。

『四つの署名』から要素だけを取り出して読み替えるという翻案のお手本ともいえるものだった。

【人形劇「愉快な四人組の冒険」（二〇一四）】

二〇一四年にＮＨＫで放映された三谷幸喜の脚本による人形劇『シャーロックホームズ』の第八話

と第九話にあたる。学園ものに翻案したので学内の事件を解決することになる。ホームズの若い時代を扱った映画『ヤング・シャーロック／ピラミッドの謎』（一九八五）のような趣向と、『名探偵コナン』などにつながる少年探偵の系譜を踏まえている。学校の寮内で話が進むのも、「ハリー・ポッター・シリーズ」などのイギリス学園ものの系譜にもつながる。

ビートン校のベイカー寮に暮らすホームズとワトソンのもとに、アーチャー寮のメアリー・モースタンが訪れ、同じ寮で暮らす三年生の兄のアーサーが襲われた件で相談する。夜中に何者かが入ってきたのだが、アーサーと同室であるインド人のアブドラは、アイマスクと耳栓をして寝ていたので何も気づかなかったと証言する。音楽の道を目指すアーサーは、四人組のコーラス隊「トレジャーズ」を結成していた。アーサーについで、ディーラー寮で暮らす双子のショルトー兄弟も襲われる。

四人目のメンバーの郵便配達夫のジョニーことジョナサンが犯人だった。生徒ではないので学校対抗のコンクールには出られないというのでメンバーから抜けたのだが、自分のオリジナルの曲がアーサーたちに勝手に使われるのが嫌で、楽譜を取り返すために飼っていた小動物に襲わせたのだ。犬のトビーも登場するし、ベイカー街遊撃隊も、「アグラの宝」も意外な形で引用されている。もちろん死人はでずに、ジョナサンにアーサーが歌を返すことで、コーラス隊が再結成されて終了となる。友情と裏切りと仲直りがテーマとなっている。メアリーのもとに真珠ではなくて、毎週届いていた絵葉書の謎も解かれるのだ。

そもそもTVドラマの傑作である『十二人の怒れる男たち』を『12人の優しい日本人』に、『刑事コロンボ』を『古畑任三郎』に置き換えたように、海外作品の本歌取りをするのが、三谷作品の特徴であった。そのため、手慣れたように『四つの署名』の要素を解体して、学園もののフォーマットに載せている。声優の山寺宏一がホームズから犬やネズミの声まで担当して活躍するのと、「グリーンスリーブス」などを歌うコーラス隊がハモるのも見どころ（聞きどころ）といえる。

【カンバーバッチ版「三の兆候」（二〇一四）】

こうした児童向けの翻案とは異なり、大人向けに『四つの署名』を翻案したのが、「三の兆候」だった。ＢＢＣが制作してホームズ人気を再燃させた、ベネディクト・カンバーバッチが主演した『ＳＨＥＲＬＯＣＫ／シャーロック』の一エピソードだった。ＢＢＣ制作でもカッシング版とは異なり、現代のイギリスに置き換えた翻案で、第一シーズンの「ピンクの研究」で始まり、「三の兆候」は第三シーズンの第二話として二〇一四年に放映された。

現代的なアダプテーションであり、ワトスンがホームズの活躍をブログで発信したりする。だが同時代の風俗を取りこむのは、一九二三年のノーウッド版の映画以来の伝統でもあり、珍しいわけではない。むしろ一八八八年という舞台設定を再現するほうが、コスチュームプレイとなり費用もかかり実現が困難なのである。

『四つの署名』の要素はいくつかしか見られない。だが、メアリーとワトスンの結婚を大枠に据えて、これまでの映画化や児童向けの翻案が封印するとか消去しがちな点を引き受けている。実際メアリーは、第三シーズン第一話の「空の霊柩車」で登場し、ワトスンの婚約者となっていた。結婚に至ることは、『ＳＨＥＲＬＯＣＫ』ファンにも、正典ファンにも予測できたのである。

花婿の付添人を頼まれたホームズが結婚式のスピーチで悩んでいて、ベイカー街にレストレイド警部を呼び寄せるとか、ハドソン夫人に「結婚すると変わるのよ」と忠告されて、過去のことで逆襲しようとするとか、花嫁の付添人に「セックスはなし」と釘をさされるといった、コミカルな小話が挿入される。とりわけ、酔っ払ったホームズに扮したカンバーバッチの演技を多くのファンが楽しんだのである。けれども、ワトスンの友人でアフガニスタンの戦場で部下を死なせて退役したショルトー少佐が結婚式にやってきたことで、ドタバタに見えたホームズが「戦闘準備」となるのである。そしてトンガの毒矢も思わぬところで引用されていた。「三つの兆候」では「四人の印」が「三」と書き換えられたが、ふつうに理解するとその「三」とは三角関係で、ホームズとワトスンとメアリーを指す。だがそれ以上の働きをしている。

途中で登場するばらばらに見えた事件や伏線が巧みにつながっていくのである。そして結婚式の最中に起きた事件を解決すると、ホームズが演奏するヴァイオリンで、花嫁と花婿が最初のダンスを踊るのだ。みなが踊るなか、ホームズは会場をひとり去っていく。それは、コカインに手をのばす『四つの署名』のホームズの空虚さを再現していた。

シャーロキアンたちによって、多くの引用や借用が明らかになっている（『シャーロック・ホームズ完全解析読本』など）。ここには、『四つの署名』という骨組みを解体しながら、「赤毛組合」や「まだらの紐」といったホームズ正典以外にも、H・G・ウェルズやアントニー・バウチャーの作品なども取りこまれていた。これによって、「三の兆候」は『四つの署名』を翻案する際の新しい手本となったと評価できる。

しかも、イギリスが実際に抱えている政治情勢などを取り入れた上で、エンターテイメントとして構築されていた。本家のドイル作品は、まさにそれを実行していたのであった。こうした正典の「方法」そのものを模倣することで、新しい作品が生み出されるのである。新しい誕生こそが、観るとわかるように、制作陣が『四つの署名』つまり「四の印」ではなくて、「三の兆候」というタイトルを選びとった理由に他ならないのだ。

【眼科医ドイル】

このように『四つの署名』に限っただけでも、ホームズ物語が映像化や翻案をしやすい作品であることがわかる。『冒険』以後のパジェットの挿絵が助けただけではない。もちろん映像化作品の「出来のよしあしが、必ずしも原作の推理ものとしての尺度には比例しない」（小森健太朗「グラナダ版ホームズと、ヴァン・ダインのホームズ論」）という批判があるのも事実である。メディアごとの表現に、得意と不得意とがある以上、こうした評価のずれが生じるのは仕方ない。

それでも、視覚化したくなる理由がドイルによる本文のどこかにあるはずだ。ホームズは論理を駆使するだけでなく、犯人や悪党を追い詰めるし、その際に行動的になる人物である。ホームズは平気でピストルや鞭を使い、武術やボクシングの技を駆使する身体をもっている。部屋の片隅にいる「思考機械」のような安楽椅子探偵のイメージでは捉えることができないので、『ストランド』誌での連載途中から、「冒険」という言葉をタイトルに入れるようになった。

架空の存在であるホームズは、まずドイルの文章から挿絵によって作り出され、その後演劇や映画になると、役者たちが扮するホームズの写真が人々にイメージを与えてきた。ドイル本人の写真も数多く残っていて、スイスでのスキーの写真やボーア戦争に出かけたときの軍服風の姿など、さまざまなドイルが顔を見せる。変わったところでは、チャレンジャー教授に扮して、挿絵のモデルとなった写真もある。もちろん、心霊写真も例外ではなく、エクトプラズム（幽体物質）とドイルがいっしょに写ったものも残っていて、ドイル夫妻が集めた心霊写真のコレクションがテキサス大学ハリー・ランサム・センターに保管されているほどである（岡室美奈子「コナン・ドイルの心霊主義と探偵小説」）。

ドイルが「写真術」に関心を抱いたのは、日本に写真術を広めた旧友のウィリアム・K・バートンの影響も大きい。そして一八五四年に創刊された写真の専門雑誌で、今でも発行されている『ブリティッシュ・ジャーナル・オブ・フォトグラフ』に、八一年から八五年にかけて十三の記事を掲載した。西アフリカに船医で行ったときやアフリカの川の写真の話もあるし、デヴォンシャーの「荒野（ムーア）」での写真旅行の話は、『バスカヴィル家の犬』の材料となった。カメラの機種への蘊蓄もあり、メカにもうるさいドイルらしい記事になっていた。このようにドイルは、もともと視覚的な領域への関心があったからこそ、専門職として眼科医を目指したのかもしれない。また、大学時代の知り合いで山師のようなジョージ・バッドが口にした、南米に行ったら乱視の眼鏡による矯正で一儲けできる、というほら話も耳にしていたのだ。

『四つの署名』を発表した一八九〇年の八月にはコッホの結核研究に興味があって訪れたベルリンで、ある皮膚科の専門医と話をして「田舎の全科診療医という身分」を離れて、専門の眼科医になることを思い立つ（シモンズ『コナン・ドイル』）。そして翌年ドイツで専門教育まで受け始めるが、これは二ヵ月で撤退した。そして、イギリスに戻って、専門教育を受けていない無資格の眼科医を始めるのだが、大都会ロンドンでは通用しなかった。患者がこないので暇な時間ができてしまい、収入のためにも、ホームズ物語などを書き続けたのである。

ミステリー小説を書くためにベル博士のエピソードを思い浮かべたときも、外科手術の腕よりは、観察眼に注目している。しかも、ボクシングやラグビーといったスポーツ好きで、いわゆる「動体視力」

をもっていたと考えるべきではないのか。『四つの署名』の執筆後だが、自分でもオートバイや車を乗り回し、ノルウェーで出会ったスキーに飛びつくのも、スピードや物事の動きが身体に与える快感に関心があるせいだ。しかも、自分の小説にそうした身体感覚や視覚表現を巧みに織りこんでいた。

『四つの署名』でも視覚的な表現への工夫がいたる所に見られる。一例をあげるなら、ポンディシェリ荘にジョーンズ警部がやってきたときの描写である。ホームズが「正規軍が到着した」とワトスンより先に気づき、廊下の足音がしだいに大きくなり、「灰色の背広を着て太った男が、のしのしと歩いて部屋に入ってきた」と全体像がわかる。次にジョーンズ警部の「あから顔」などの身体の特徴が説明されるのだ（第六章）。

ワトスンというカメラから見ると、まず事態に気づいたホームズの顔が浮かび、音による予告があり、その音が徐々に近づき、音の持ち主の全身が見え、それから顔などの細部がわかるようになる。そのままマンガにもなりそうだし、絵コンテを切って映画やアニメにしたくなる描写ではないだろうか。これが「ジョーンズ警部が部屋に入って来た」では、書かれた事実は変わらないが、読者は何の興味もわかないのである。

このように動きをとりこんだ描写ができる点が、ホームズのライバルと呼ばれる探偵を書いた作家たちとの違いである。ドイルのトリックは今から考えると凡庸で、思い違いのミスもいろいろとある。けれども、描写は決して平板ではない。それが今でも映像化を誘い、制作者に霊感を与え続けている理由といえるのだ。

おわりに　症例としての『四つの署名』

ホームズ物語は、もはやドイルの正典にとどまらないし、綺羅星のごとくパロディやパスティーシュ（模倣作）が小説、映像、マンガなどで作られ続けている。もちろん『四つの署名』を高く買う擁護派はグレアム・グリーンなどいるのだが、インドにおける植民地の過去、またメアリー・モースタンをどのように扱うのかが鍵となって、映像化も含めて、なかなか正面から取り組むことは難しいようだ。

『四つの署名』の存在に苦慮した例が、ガイ・リッチーが監督し、ロバート・ダウニーJr.がホームズを演じた『シャーロック・ホームズ』（二〇〇九）である。ホームズとワトスンの二人が解決したブラックウッド卿の連続殺人事件を最後の事件として、ワトスンは下宿を出ることになった。そして、レストランでワトスンは婚約者のメアリーをホームズに紹介する。ホームズは初対面のメアリーが女家庭教師で、宝石も借り物、そして過去に婚約者がいたなどと次々と指摘して、怒ったメアリーはワインをホームズの頭から浴びせる。『四つの署名』の設定を借りながらも、物語としては完全に捨てたわけである。

他にも、贋作や翻案や映像化において、メアリーをどう取り扱うのかは、ホームズの「あの女」アイリーン・アドラーの場合よりも厄介なのである。それはドイル本人にとっても同様で、極論するならば、正典の残り五十八作は、書いてしまった『四つの署名』の負の遺産との格闘だったといってもよい。パジェットの挿絵に飾られた『ストランド』誌連載以降のホームズを正当なもの、とみなすほうが、どちらかといえば楽なのである。そのためにはメアリーともども作品を無視するのが手っ取り早い。

そして、アイリーン・アドラーをもちあげて、メアリー・モースタン、いやメアリー・ワトスンを消去する。そのプロセスこそが『シャーロック・ホームズの冒険』だったとまでいえそうだ。そこにメアリーのモデルとなった結核で苦しむ妻ルイーザへのドイルの複雑な思いが絡んでいると読むこともできる。ルイーザが兄と同じ病で亡くなったのは一九〇六年のことだっただが、ワトスンが二人目の妻を得たとドイルがはっきりと書き記したのは二十年後の一九二六年発表の「白面の兵士」（『事件簿』）においてだった。もちろん、ドイル自身が妻の死の翌年にジーン・レッキーと結婚したことを踏まえているのだ。

『四つの署名』を軽視するのは、ドイルの伝記作者も似たようなものである。たとえば、ジュリアン・シモンズの『コナン・ドイル』は『四つの署名』には数行しか触れず、グラハム・ノウンの『シャーロック・ホームズの光と影』では、「出版社の倉庫でくもの巣だらけ」と売れなかったことを強調し、水上警察との関係で触れたくらいである。また、書簡を中心に伝記を書いたスタッシャワー他の『手紙における生涯』では、出版の日付などが言及されているにすぎない。ましてや出来事を日付順に並べたブライアン・プーの『アーサー・コナン・ドイル卿の年代順の生涯』には、作品分析が出てくるはずもない。

すでに論じてきたように、『四つの署名』は第二作として、その後のシリーズを生み出す重要な転換点となり、ドイルが、ホームズとワトスンの二人組の関係を自家薬籠中のものとするのに大切な役割をはたした。しかも、依頼人であるメアリーに大英帝国がもつさまざまな欲望や偏見が結びついている。アグラの財宝の略奪、四人刑務所の島の存在、インド大反乱の鎮圧、アンダマン島の先住民への偏見などをどのようにみなすのかは、インド独立後にイギリスが問われる難題となったのである。その点でイギリスの大学受験統一試験に、課題図書として数あるホームズ物語のなかで『四つの署名』が選ばれたのは、自分たちの負の過去と向かい合う態度からだとみなせる。

ホームズという人物は奇抜ではあっても、犯罪者の悪を暴くのだから、倫理的な正義漢であってほしいと願う読者には、『四つの署名』でコカインやモルヒネに耽る麻薬依存者のホームズは、明らかなモラル違反に思える。子どもに見せたくない作品なので、該当する部分を削除するか、翻案や改変することで今まで対応してきた。そもそも触れなければ、そうした対応も必要ない。またホームズとワトスンの関係を、友情以上愛情未満のものと捉えたい人々には、メアリーとの恋愛と結婚は、なるべく扱いたくない出来事となる。

もちろん、純粋に推理を楽しみたい人々にとり、恋愛要素は不純なので、山中峯太郎のようにばっさりと削除することがある。S・S・ヴァン・ダインなどの本格派が、探偵ものに恋愛は不要と否定したのも無理はない。ましてやパズルとしてのミステリー小説の究極の姿を理詰めのチェスや詰将棋に求めるなら、メアリーに関連することを捨て去ったとしても不思議ではない。

本書が『四つの署名』にこだわってきたのは、まさにこの作品をめぐるさまざまな態度そのものがひとつの「症例＝事件」となっているからだ。そして、事件であるならば、まずは犯行現場であるドイルの小説から捜査されなくてはならない。本書はその報告書である。もちろん捜査がワトスン流のへボ推理となってしまった危険も大なのだが、その判断は読者に委ねたい。

＊

この機会にホームズ物語の自分なりの捉え方を述べておこう。全体を、ヴィクトリア朝ホームズ

（一八八七―一九〇二）、エドワード朝ホームズ（一九〇一―一〇）、ウィンザー朝ホームズ（一九一〇―二七）と三段階に分けて考えることができる。これはドイル自身がエイル・ノーウッド主演の映画について述べた「ヴィクトリア朝ホームズ」という表現からヒントをもらっている（『回想と冒険』）。もちろん連続する部分もあるが、不連続も生じている。しかも、それぞれの特徴を長編によって把握すると理解しやすいのではないだろうか。

ヴィクトリア朝ホームズの特徴を作ったのが『緋色の研究』と『四つの署名』だとするならば、エドワード朝ホームズの代表作は、一九〇一年から連載された『バスカヴィル家の犬』となる。脅威の対象が国内に向かったのは、皇太子時代にはパリでの放蕩で悪名が高く、ワトスン同様に腸チフスから回復した過去をもつエドワード七世の治世と結びついている。だいいち、『バスカヴィル家の犬』で活躍するのはホームズではなくてワトスンなのである。

そして、ウィンザー朝ホームズの代表作は一九一四年から連載された『恐怖の谷』である。ジョージ五世は、第一次世界大戦中の一九一七年に、世論に配慮して王家のドイツ系の名字サクス＝ゴバーグ＝ゴーダを、ウィンザーへと変えなくてはならなかった。そして対ドイツへの恐怖だけでなく、アイルランド独立問題と、次の覇者となってきたアメリカとの友好とライバル関係がせり上がってくる。「独身貴族」（『冒険』）でアングロサクソンどうしの連帯をホームズが演説したことなども関係するだろう。同時に、かつての『緋色の研究』の書き直しとして『恐怖の谷』を読むこともできる。それがガボリオ流の二部構成の反復となったのかもしれない。

ホームズ物語をベアリング＝グールドのように起きた年代を特定して、伝記的につなげるのは、あくまでもシャーロキアン（ホームジアン）の手続きに他ならない。もちろん、読んでいて楽しいし、発掘された事実に興味深い面もあるのだが、現実の世界を生きた作家としてのドイルの苦闘とは必ずしも関係ないのである。翻訳も数あるドイルの伝記も、人間ドイルの家族関係（できの良い画家の伯父、酒に溺れて病院で死亡したダメな父親、不倫をしているかもしれない母、ドイルの二人目の妻は元愛人だったのかなど）に興味の焦点があり、ドイルが生み出した作品の文学的な評価が指摘されることは稀である。せいぜい売り上げた冊数を比較するくらいである。

ところが、四つの署名ならぬ長編の四つの書名はどれもが「冒険」や「殺人事件」という話を欠いている。そして『緋色の研究』『四つの署名』『バスカヴィル家の犬』『恐怖の谷』を見るだけでも、そこに各時期における作者ドイルの、そして読者の不安の対象の変化が読みとれる。しかも、そうした不安がホームズとワトスンの友情関係にさまざまな影を落としているのである。

よくあるように、二十世紀にも書きつがれたホームズ物語を「十九世紀末」というカテゴリーに押しこめて理解するのはいささか狭苦しい。確かに事件が起きる日付は一九一四年以前にしか設定されていないが、ドイルが世紀末の意識のまま書き続けたわけではないだろう。それに、一人の作家が四十年にわたって活躍させたキャラクターを、歴史とは無縁な存在とみなして、ホームズの論理を抽象的に論じるのにもどこか無理がある。ある人物の子ども時代と中年時代を比較して、全く同一の能力や性格をもつとみなすのはかえって不自然だろうし、だいいち、当人がいちばん怒るはずではないか。ホームズもドイルも時代のなかで少しずつ、ときには大胆に変化してきたのだ。

ドイルが世間の無理解に反論して、一九一二年に発表した「識別不能な批評家に」という詩がある。正確には、ユーモア詩で知られるアメリカのアーサー・ギターマンの「アーサー・コナン・ドイル卿へ」という詩に、二週間後に反論したものである。ギターマンはイギリスの南アフリカでの政治的な情勢とドイルとの関係を揶揄しながら、ホームズは先人の探偵に対して尊大だが、しょせんポーやガボリオからの「借用」に過ぎないと断定する。

それに対してドイルは、あれはホームズの台詞であり、ギターマンはそれを識別できない無能な批評家だとみなすのである。実際その場面で、ワトスンは自分が敬愛するポーやガボリオを批判するホームズの台詞に腹が立ち、窓の下の風景を見ながら「なんというぅぬぼれ屋だ」と小さくつぶやくのだ。ホームズの態度をワトスンの言葉が相対化している。ドイルが用意したワトスンの応答を読まずに、ホームズの言葉にだけ注目する批評家に嫌気がさしたのだろう。

ドイルは自分の詩を「人形と人形作者とは決して同一ではない」と結んでいる。本書を執筆しながら、この一節がずっと念頭にあった。すでにエドワード朝ホームズの時代に入っているにもかかわらず、いまだに一作目の『緋色の研究』でのホームズの発言に文句をつけられるのだ。しかも、このドイルの悲鳴のなかに、人形作者が人形に食い破られた悲劇が見てとれる。そういうことを考えさせてくれるのも、ホームズ物語の魅力なのだ、と私は思う。

【関連年表】

	ドイル関連	ホームズ関連	社会情勢など
一八五四年		シャーロック誕生（一月六日）	コレラの発生源が飲水の汚染と判明
一八五七年			インド大反乱（～五九年）
一八五九年	コナン・ドイル誕生（五月二十二日）		ダーウィン『種の起源』ミル『自由論』
一八七八年	三週間リチャードソン博士の医学助手として働く	ワトスンがロンドン大学から医学の学位を獲得し、インド駐留軍の軍医に	第二次アフガン戦争
一八八〇年	グリーンランドの捕鯨船「ホープ号」に船医として乗る	ワトスン　マイワンドの戦いで負傷 イギリスへ帰国	アイルランドでボイコット事件（ボイコットの語源）
一八八一年	エディンバラ大学医学部卒業	『緋色の研究』事件	ロンドン自然史博物館開館
一八八七年	『緋色の研究』発表		グラモフォン（蓄音機）発明される
一八八八年	『クルンバーの謎』発表	『四つの署名』事件	切り裂きジャック事件（八月～十一月）
一八九〇年	『四つの署名』発表		救世軍の創設者ウィリアム・ブースの『最暗黒の英国』
一八九一年	「ボヘミアの醜聞」から短編の連載開始		ウィリアム・モリス『ユートピアだより』

※ドイル関係はブライアン・プー『アーサー・コナン・ドイル卿の年譜・第四版』、ホームズ関係についてはW・S・ベアリング=グールドの『シャーロック・ホームズ』での推定に依拠している。

主な参考文献　（順不同）

◉作品

Sir Arthur Conan Doyle, *A Study in Scarlet, The Sign of the Four, Adventures of Sherlock Holmes* (Oxford UP, 1993)［文中のオックスフォード版］

『詳注版　シャーロック・ホームズ全集5　四つの署名・バスカヴィル家の犬』井村元道他訳（筑摩書房、一九九七年）［文中の詳註版］

これ以外の『四つの署名』の翻訳に関しては「はじめに」の紹介を参照のこと。

Sir Arthur Conan Doyle, *Sherlock Holmes: The Complete Novels and Stories vol.1* (Bantam Classics, 1986)

The Complete Works of SIR ARTHUR CONAN DOYLE (Delphi Classics, 2017)

『ドイル傑作選I・II』北原尚彦&西崎憲訳（一九九九–二〇〇〇年）

『コナン・ドイルのドクトル夜話』吉田勝江訳（創土社、一九七八年）

『シャーロック・ホームズの読書談義』佐藤佐智子訳（大修館書店、一九八九年）

Beeton's Christmas Annual 1887 Facsimile Edition (Life is Amazing, 2018)

Lippincott's Monthly Magazine (https://babel.hathitrust.org/cgi/pt?id=pst.000020206031)

『ストランド・マガジン』はもちろん『ビートン夫人の家政読本』『アンダマン島人の間での冒険と調査』『ロンドンのストリート・アラブ』など当時の作品はインターネット・アーカイヴズを参照した(https://archive.org)。

◉伝記・評論など

ジョン・ディクスン・カー『コナン・ドイル』大久保康雄訳（早川書房、一九九三年）
ジュリアン・シモンズ『コナン・ドイル』深町眞理子訳（早川書房、一九八四年）
Martin Booth, *The Doctor and the Detective: A Biography of Sir Arthur Conan Doyle* (Minotaur Books, 2000)
Jon L. Lellenberg et.al, *Arthur Conan Doyle: A Life in Letters* (Penguin Press, 2007)
Brian W. Pugh, *A Chronology of the Life of Sir Arthur Conan Doyle Revised 2018 Edition* (MX Publishing, 2018)
グラハム・ノウン『シャーロック・ホームズの光と影』小池滋他訳（東京図書、一九八八年）
H・R・F・キーティング『シャーロック・ホームズ世紀末とその生涯』小林司他訳（東京図書、一九八八年）
W・S・ベアリング＝グールド『シャーロック・ホームズ――ガス燈に浮かぶその生涯』小林司訳（河出書房新社、一九八七年）

＊

高山宏『殺す・集める・読む　推理小説特殊講義』（創元ライブラリ、二〇〇二年）
富山太佳夫『増補版　シャーロック・ホームズの世紀末』（青土社、二〇一四年）
T・A・シービオク他『シャーロック・ホームズの記号論――C・S・パースとホームズの比較研究』富山太佳夫訳（岩波書店、一九九四年）
ウンベルト・エーコ他『三人の記号――デュパン、ホームズ、パース』小池滋監訳（東京図書、一九九〇年）
新井潤美『魅惑のヴィクトリア朝――アリスとホームズの英国文化』（NHK出版、二〇一六年）
『ユリイカ　2014年8月臨時増刊号 総特集◎シャーロック・ホームズ――コナン・ドイルから『SHERLOCK』へ』（二〇一四年、青土社）
北原尚彦監修『シャーロック・ホームズ完全解析読本』（宝島社、二〇一六年）
ディック・ライリー他『ミステリ・ハンドブック シャーロック・ホームズ』日暮雅通訳（原書房、二〇〇〇年）
マシュー・E・バンソン『シャーロック・ホームズ百科事典』日暮雅通訳（原書房、一九九七年）

廣野由美子『ミステリーの人間学――英国古典探偵小説を読む』（岩波書店、二〇〇九年）
中尾真理『ホームズと推理小説の時代』（筑摩書房、二〇一八年）

◉各章の参考文献

第2章

Howard Wainer, *Computerized Adaptive Testing: A Primer* (Lawrence Erlbaum Associates, 2000)
ドロシー・セイヤーズ「ウォトスン博士の洗礼名」エドガー・W・スミス編『シャーロック・ホウムズ読本』鈴木幸夫訳（研究社、一九七三年）所収
サミュエル・ローゼンバーグ『シャーロック・ホームズの死と復活――ヨーロッパ文学のなかのコナン・ドイル』小林司&柳沢礼子訳（河出書房新社、一九八二年）
ハワード・ヘイクラフト『娯楽としての殺人――探偵小説・成長とその時代』林峻一郎訳（国書刊行会、一九九二年）
Molly A. Warsh, *American Baroque: Pearls and the Nature of Empire, 1492-1700* (University of North Carolina Press, 2018)
Ron Fridell, *Miranda Law: The Right to Remain Silent* (Marshall Cavendish Benchmark, 2006)
竹内啓『歴史と統計学――人・時代・思想』（日本経済新聞出版社、二〇一八年）

第3章

I. F. Clarke, *The Tale of the Next Great War, 1871-1914: Fictions of Future Warfare and of Battles Still-To-Come* (Syracuse UP, 1995)
丹治愛『ドラキュラの世紀末――ヴィクトリア朝外国恐怖症の文化研究』（東京大学出版会、一九九七年）
正木恒夫『植民地幻想――イギリス文学と非ヨーロッパ』（みすず書房、一九九五年）

第4章

John M. Picker, *Victorian Soundscapes* (Oxford UP, 2003)

Ellen Ross, *Slum Travelers: Ladies and London Poverty, 1860-1920* (University of California Press, 2007)

吉見俊哉『博覧会の政治学』（中央公論社、一九九二年）

Lydia Murdoch, *Imagined Orphans: Poor Families, Child Welfare, and Contested Citizenship in London* (Rutgers UP, 2006)

Troy Boone, *Youth of Darkest England: Working-Class Children at the Heart of Victorian Empire* (Routledge, 2005)

第5章

Brenda Ayres, *Silent Voices: Forgotten Novels by Victorian Women Writers* (Prager, 2003)

ステファニー・バーチェフスキー『大英帝国の伝説――アーサー王とロビン・フッド』野崎嘉信他訳（法政大学出版局、二〇〇五年）

植村昌夫『シャーロック・ホームズの愉しみ方』（平凡社、二〇一一年）

第6章

Ely Liebow, *Dr. Joe Bell: Model for Sherlock Holmes* (Bowling Green University Popular Press, 1982)

James F. O'Brien, *The Scientific Sherlock Holmes: Cracking the Case with Science and Forensics* (Oxford UP, 2013)

Lawrence Rothfield, *Vital Signs: Medical Realism in Nineteenth-Century Fiction* (Princeton UP, 1992)

John Timbrell, *The Poison Paradox: Chemicals as Friends and Foes* (Oxford UP, 2005)

山田勝『孤高のダンディズム――シャーロック・ホームズの世紀末』（早川書房、一九九一年）

ジューン・トムスン『ホームズとワトスン――友情の研究』（東京創元社、一九九八年）

上田麻由子「莢のなかで微笑む物語たち」『ユリイカ　2014年8月臨時増刊号』所収

第7章

Leroy Lad Panek, *An Introduction to the Detective Story* (Bowling Green State University Popular Press, 1987)

小森健太朗『英文学の地下水脈——古典ミステリ研究 黒岩涙香翻案原典からクイーンまで』（東京創元社、二〇〇九年）

小倉孝誠『推理小説の源流——ガボリオからルブランへ』（淡交社、二〇〇二年）

Andrea Goulet, *Legacies of the Rue Morgue: Science, Space, and Crime Fiction in France* (University of Pennsylvania Press, 2016)

Saverio Tomaiuolo, "Sensation Fiction, empire and the Indian mutiny" in Andrew Mangham (ed) *The Cambridge Companion to Sensation Fiction* (Cambridge UP, 2013)

Mike Ashley, *The Time Machines: The Story of the Science-Fiction Pulp Magazines from the Beginning to 1950* (Liverpool UP, 2000)

Kathryn Hughes, *The Short Life and Long Times of Mrs Beeton* (Fourth Estate Ltd, 2005)

ロナルド・ノックス「「ホームズ物語」についての文学的研究」、J・E・ホルロイド編『シャーロック・ホームズ17の愉しみ』小林司他訳（講談社、一九八〇年）所収

第8章

『怪盗の宝——名探偵ホームズ』山中峯太郎訳（ポプラ社文庫、一九七六年）

小森健太朗「グラナダ版ホームズと、ヴァン・ダインのホームズ論」『ユリイカ ２０１４年8月臨時増刊号』所収

岡室美奈子「コナン・ドイルの心霊主義と探偵小説」『ユリイカ ２０１４年8月臨時増刊号』所収

あとがき

本書はコナン・ドイルによる六十編（人によっては六十二編）あるホームズの正典のなかで、第二作の長編『四つの署名』に焦点をしぼって論じたものである。作品の成り立ちや背景さらには影響など、つまり作品の「過去・現在・未来」を扱ってみた。

第1部は登場人物やあらすじを扱っているが、ホームズやワトスンの名言を拾って解説し、単なる語註以上にくわしく背景を説明しているので、既読の方でも楽しめると思う。第2部は四つの記号「インド」「探索」「ロマンス」「症例」を軸に作品に関する議論を展開している。そして第3部は、『四つの署名』の起源と、さらに翻案や映画化作品について説明している。入手しやすい翻訳や映像作品を紹介しているので、実用性も備わっていると思う。

ミステリー小説を論じることは、犯人やトリックのネタばらしを含むので、なかなか困難なのだが、『四つの署名』と、それからポーの「モルグ街の殺人」に関しての全面的なネタばれをお許しいただきたい。それ以外はあいまいに論じている。もどかしく思われた方は、この機会にできれば『緋色の研究』と『シャーロック・ホームズの冒険』も含めた初期の三作品を読んでもらえれば、と一ファンとして願う。

数あるホームズ物語のなかでも、なぜかこの『四つの署名』に惹かれてきたのだが、その理由は自分でもよくわからなかった。挿絵など欠片もない延原謙訳の文庫本も楽しんだし、分厚い二巻本のバンタム・ブックスの全集に線を引いて読んだりした。また図書館で東京図書の『詳注版』を眺めて、シャーロキアンのとほうもない情熱に驚いたものである。

本書を準備するためにポプラ社の山中峯太郎版の『怪盗の宝』を読んで、初読だと思いこんでいたが、違うことに気づいた。自分で買い集めたのは南洋一郎版のルパンだったので、おそらく学級文庫で読んだのではないか。見た記憶のある挿絵がいくつか出てきたのだ。これは今でもテムズ川の川底に沈んでいるトンガの骨や巨大なダイアモンド「ムガール大帝」のような古い記憶の残滓かもしれない。

世界最大のドイル関連のサイトである「ジ・アーサー・コナン・ドイル・エンサイクロペディア」に集められた膨大な情報にはずいぶんと助けられた。これはシャーロキアンの鑑のような仕事であり、いくら感謝の言葉を述べても足りない。なお、文中はすべて敬称を略した。また、シャーロキアンではないゆえ、事実誤認や思わぬ誤記があるかもしれない。ご指摘いただければ幸いである。

英米文学を中心に今後展開したいので、何か小説一冊を読みぬくという企画はどうか、と話を持ちかけてきたのは、小鳥遊書房の高梨治氏だった。本書は氏のリクエストに応じた形になる。いつもながらいろいろとお世話になったことを感謝したい。

二〇一九年四月吉日

小野俊太郎

【著者】

小野俊太郎
（おの　しゅんたろう）

文芸・文化評論家
1959年、札幌生まれ。東京都立大学卒、成城大学大学院博士課程中途退学。

成蹊大学や青山学院大学などでも教鞭を執る。

著書に、『ガメラの精神史』（小鳥遊書房）、『モスラの精神史』（講談社現代新書）、

『大魔神の精神史』（角川 one テーマ 21 新書）、『ゴジラの精神史』（彩流社）のほかに、

『〈男らしさ〉の神話』（講談社選書メチエ）、

『社会が惚れた男たち』（河出書房新社）、『日経小説で読む戦後日本』（ちくま新書）、

『『東京物語』と日本人』（松柏社）、『新ゴジラ論』『スター・ウォーズの精神史』

『フランケンシュタインの精神史』『ドラキュラの精神史』（ともに彩流社）など多数。

快読(かいどく)
ホームズの『四つ(よっ)の署名(しょめい)』

2019年6月15日　第1刷発行

【著者】
小野俊太郎

発行者：高梨 治
発行所：株式会社**小鳥遊書房**(たかなし)
〒102-0071　東京都千代田区富士見1-7-6-5F
電話 03 (6265) 4910（代表）／FAX　03 (6265) 4902
http://www.tkns-shobou.co.jp

装幀　坂川朱音（朱猫堂）
印刷　モリモト印刷株式会社
製本　株式会社村上製本所

ISBN978-4-909812-11-7　C0098